僕は、さよならの先で君を待つ

優衣羽

ポプラ文庫ピュアフル

君が僕私を忘れても、僕私が君を憶えている。

contents

一章

合縁奇縁

二章

愛縁機縁

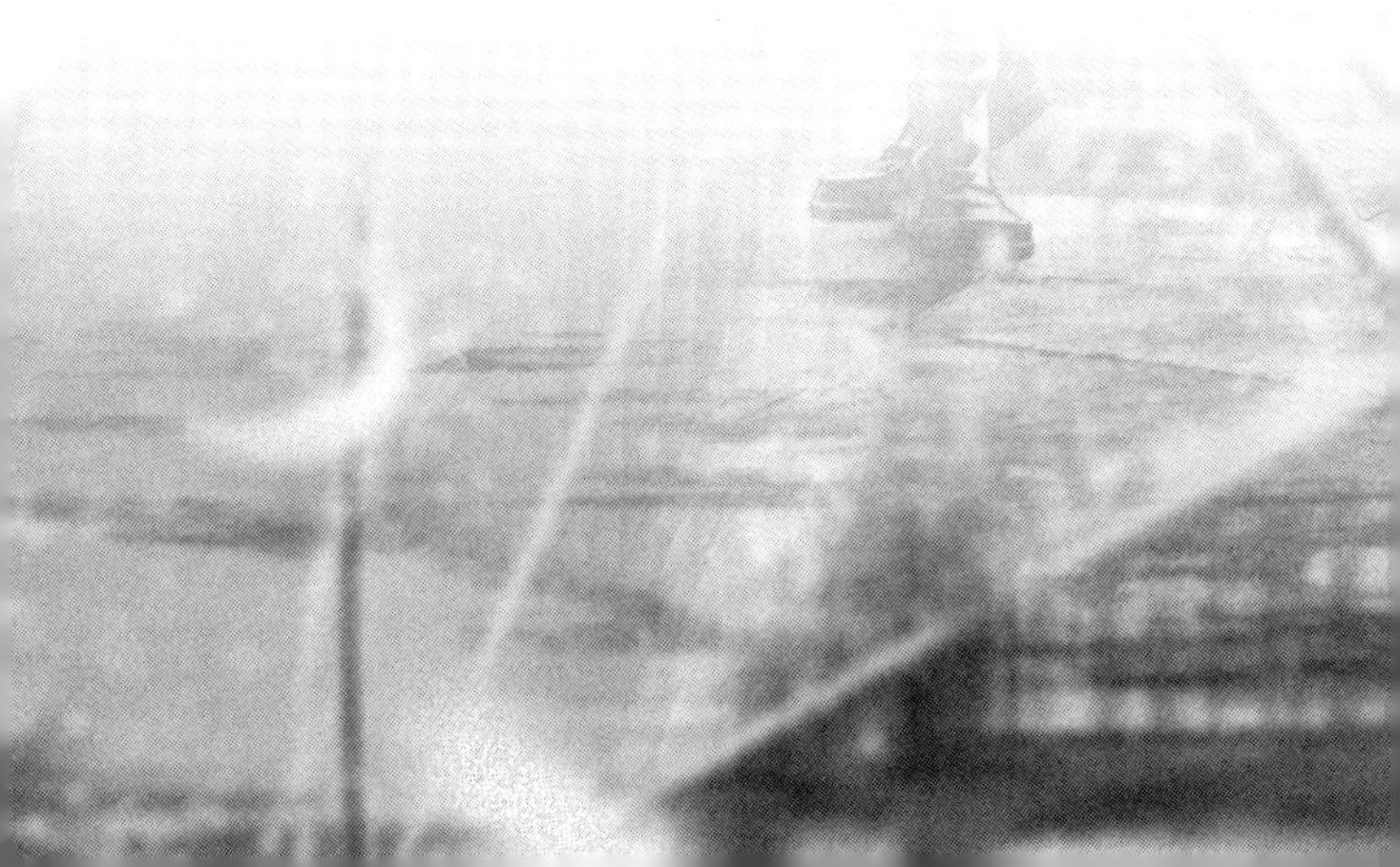

一章

合縁奇縁

花嵐　一瞬で崩れ去った日常を、ひと時の輝きを放ち消えた青春を、僕はずっと憶えている。

——記憶の片隅で何度も再生されるのは四月の初めのことだ。

その日は朝から雨が降っていて、数日前に過ぎた三月を彷彿させるような寒さであった。雪が解け春を待ち続けた蕾が開き、ようやく咲き誇る頃合いで襲いかかった雨は、正に花を散らす雨。いや、散らす雨などという可愛らしいものではない。

激しい雨風に襲われ吹き荒れる花嵐。

これが雪であったなら吹雪と表現できるだろう。しかし薄桃は触れても溶けず、小さいながらも密集し特有の香りを放つ。それを人々は古くから春の訪れとして喜んだ。そんな話をいつかの授業で聞いた憶えがある。

そう、花嵐。

制服のネクタイを結びながら、まだ覚醒していない頭で、流れるニュースからひとつの言葉を聞き取った。風が強いから折り畳み傘はやめなさいという母の言葉を素直に聞き、鞄の中に入れていた紺色の傘を靴箱の上に置く。欠伸《あくび》を噛み殺しながら、昨日までの日々に思いを馳せた。

二週間ほどあった春休みはとても充実していた。友人たちと遊び回り、暇さえあれば連絡を取りあい、友人の家に残っていた手持ち花火をして去年の夏を思い出し笑いあったり、ショッピングモールに出かけたり。まあ、いろいろした。いつか年老いた時に思い返せばすべてくだらないと思えるのかもしれないが、僕にとってこの時間はかけがえのないものとなった。

今日から高校二年生になるが、心持ちは何ひとつ変わらなかった。今年も馬鹿みたいに遊んで、勉強はそれなりにし、アルバイトを頑張ってみたりする、どこにでもあるような日常が待っている。しかしそんな日常に満足しながら、何かが足りないと思っているのも事実だった。それを友人に言えば、必要なのは恋愛だと豪語していたが、別にそれじゃなくていい。

ただ、ありふれた毎日に何かしらの非日常が欲しい。そんなことを言うのは贅沢だと誰かは言うのかもしれないが、僕にとっては大きな願いのひとつだ。

テレビの画面が切り替わり、自宅を出る時間になる。先日クリーニングから戻ってきたばかりのブレザーはしわひとつなく、腕周りが動かしにくくなったように感じた。ほのかに洗剤の匂いがする。学期末にジュースを零したシミは消えてなくなっている。新品に戻ったような気がしたが、何となく袖の長さが足りないと思うあたり、僕は成長し確かに時間は過ぎている。

透明なビニール傘を手に玄関の扉を開ければ、さっそく雨風の洗礼を受けた。屋根があるというのに顔に吹きつける雫が冷たい。せっかく整えた髪はこの一瞬で乱れた。朝の努力を返してくれと文句を言いたかったが、たぶん今日はセットしない方が正解だった。新学期だからって格好つけるんじゃなかったとため息をつきながら傘を開き、折れませんようにと一度だけ祈り、歩を進めた。

地面の至るところに嵐に攫《さら》われた花びらが散り、アスファルトを鮮やかに染めている。しかし雨の影響で泥が跳ね、本来の美しさをなくしてしまっていた。何度も踏まれては誰かの足跡を残し、ちぎれては水溜まりの中に浮かび、降り注ぐ雫の刺激に揺れている。

不意に顔を上げれば、再び嵐によって攫われた花びらが僕に降り注いだ。顔につく前に傘でガードし、強い風に身体を攫われそうになりながらもやっとの思いで駅に着くと、畳んだ傘から水が零れ落ちた。

駅からの徒歩十五分は本当に苦痛だ。並んで歩く同じ制服姿の生徒たちを一瞥し、僕は違う方向に足を向ける。すると学生がひとりもいない道に出た。ここは僕が見つけた近道だ。

住宅街を歩くとほどなくしてシャッター街が見えてくる。店のほとんどが閉まっている様と寂れた感じが怖いと、地元の人も学生も近づこうとはしない。たしかに雰囲気はあまりよくない。閑静で人通りもなく、ここを住処にした野良猫が何かを倒した音すら響き渡る。しかし僕にとってそんなことはどうでもよかった。毎日誰かといると時折、静かな場所に行きたくなる瞬間があったりする。けれど朝、この道を通るとそんな気分がなくなるのだ。ついでに近道。五分も短縮できるのだから通るに越したことはない。

シャッター街を抜けると道路を挟んだ先に川沿いの並木道が見える。横断歩道を渡り、そこを進んでいけば大通りに突きあたり、右に曲がると高校に辿り着く。近隣に高い建物がないため、僕の視界の先、右斜め上には屋上にある給水タンクが顔を出していた。

車通りの少ない寂れた道に描かれた横断歩道の白線はすでに消えかけている。信号が点滅したのが視界に入り、僕は急いで足を動かした。すると雨をまとった追い風が勢いよく吹き、思わず振り返ればつぶれた店が目に入る。看板のインクは剝がれ落ち文字は消えかけていたが、菓子とあるから駄菓子屋か何かだったのだろう。

そのすぐ隣に枝垂桜が植えられていた。二階建ての建物と同じか、それ以上の高さかもしれない。立派な枝垂桜はこんなにも美しく満開に咲き誇っているというのに、こんな場所にあるせいで誰からも見られず切なく思えた。

僕は吸い寄せられたように、来た道を引き返した。消えた白線を確かめながら一歩ずつ踏みしめ、枝垂桜の真下までやってきた。雨はまだやまず、傾けた傘の隙間から落ちてくる雫の勢いが止まることなどない。花の隙間からわずかに見える空は鈍色《にびいろ》で、折角の薄桃の魅力が半減している。

どのくらいそうしていたのだろう。ふと正気に戻った僕は時計を確認する。今にも遅刻しそうな時間だった。

「やべ」

漏れ出た声に反応したかのように足が動く。枝垂桜に背を向け、足早に去ろうとしたその時だった。ひと際強い風が吹き、衝撃で思わず目を閉じる。持っていた傘は飛んでいき、わずかに開いた瞼の隙間に強い雨と花びらが当たった。泥に汚れ足元に落ちていたはずの花弁がぶわっと舞い上がる。上空からも下からも頬を殴るように打ちつけてくる花嵐に必死に抵抗している中、突如後ろに何かが落ちた音がした。

「痛!!」

大きな落下音と共に高い声が聞こえ、ようやく収まった花嵐に呆気に取られながらもそちらを振り返る。そう、先ほどまで誰もいなかった場所だ。

そこにはなぜか、制服姿の女の子が座り込んでいた。

「は……?」

枝垂桜の真下、僕の真後ろに女の子がいる。地面に足をベッタリとつけ、痛いと言いながら腰をさすっていた。胸元まである長い髪は染めているのだろうか、明るくキラキラと輝き、花びらがいくつも絡まっていた。見憶えのない制服からここら辺の学生ではないことは確かだろう。

視線を顔に戻せば長いまつ毛に雨粒が乗ってきらめいているのが見えた。真っ白な肌、唇がやけに色づいていた。

変わらず僕らの間に雨が降り注ぐ。持っていたはずのビニール傘が視界の先に転がっているのが見えたが、今はそれどころじゃない。

いったいこの子は、どこから落ちてきた。

立ち尽くしたままの僕と、彼女の視線が合った。女の子はまぶたを大きく見開き、宝石のように光を反射している瞳に僕を映す。いったいこの鈍色の空の中、どこに瞳を輝かせる光があるのだろうと、くだらないことを考えた。

その子は僕を見るなり唇を震わせる。綺麗な子だと思った。スクリーンの中にいるような、華やかさを持っている。けれど同時に、すぐにでも消えてしまいそうな儚さがあった。華奢な首、髪を押さえた指先は今にも折れそうで、まるで絵画のように、非現実的な美しさを放っていた。

「あーもう信じられない!!」

突然だった。美しい顔が一気に歪み、眉間にしわを寄せ、彼女は頭を乱暴にかきはじめた。美しさが一瞬で半減したようにも思えた。

「あり得ない、ほんっとうにあり得ない」

立ち上がりスカートを手で払いながら、濡れてる最悪、なんて言葉を口にしている。どうやらずいぶん苛立っているようだ。そんな様子を見ながら、僕はその場から動けずにいた。傘を取りにすら行けず、滴る雫を拭うこともできない。ただ目の前で文句を言うその子を見つめていた。

脳の理解が追いつかなかったのだ。

「今、何日？」

じろっと、不服そうな顔をしたその子は僕に問いかけた。なぜそんな顔をするのか。そんな顔をしたいのは僕の方だと言葉が喉元までせり上がってきたが、必死にとどめ、日付を伝える。するとその子は大きなため息をつき、どうも、とひと言だけ口にし、その場を去ろうとした。

「は？」

いやいやいや、ちょっと待ってくれ。もうすべてがおかしい。とりあえずどこから降ってきたのかわからないし、こちらを睨みつける理由もわからない。さらにその濡れた制服姿でどこに行こうというのだ。

離れていく背中をしばらく目で追っていた。けれど、その子が飛ばされた僕の傘を追い越した時、なぜだかよくわからない衝動に駆られ足が動いた。彼女のもとまで走り細い腕を捕まえれば、冷たさが指先から伝わってくる。彼女はとても嫌そうな顔をしていたが、僕は空いている方の手で傘を拾い彼女に渡した。彼女は、よくわからないといった顔をしている。

僕もよくわからない。なぜ傘を差し出しているのか、明確な答えはきっと出ない。ただ何となく、今この場で渡さなければと思ったのだ。

――それはある種の、運命のようなものだったのかもしれない。

「……そのままだと風邪引くぞ」

彼女の頭に滴る雨は傘によって防がれ、髪から雫がゆっくりと零れ落ちる。彼女の手が、傘を摑んでいる僕の方に伸びた。彼女はそれを受け取り、こちらの様子をうかがいながらも驚きからか、開いた口が塞がらずにいる。

「君は？」

「俺はいいよ、走ればすぐに高校に着くし」

学校に行けばタオルもジャージもある。休み中置きっ放しにしたものだったが、おそらく臭いは大丈夫だろう。

「私は……」

何かを言いかけたがすぐ、口を一文字にした彼女は下を向いた。ふと、長い髪の隙間に絡まった桜の花びらが目に入り手を伸ばす。それを摑み、濡れた髪を指の間に滑らせて取った。濡れても艶やかな髪は僕の指先を通り抜け、花弁ひとつを残し零れ落ちる。

その様を、ふたりただ目で追った。

「ありがとう、ございます」

なぜか敬語になった彼女は頭を軽く下げる。そしてまた会えたら返すと口にした。僕はたかが傘一本、気にすることはないと格好つける。すると彼女はゆっくりと僕に背を向けた。綺麗なターンと共に髪の毛に滴っていた雨粒が頰に飛んでくると同時に、鈍色だった世界は再び薄桃色の花嵐に支配された。

彼女の背が見えなくなるまで見つめ続けたその時、遠くからチャイムの音が聞こえた。慌てて時計を見れば時刻は九時を回っている。完全に遅刻が決定した僕はその場にしゃがみ込んだ。すると地面に光が照りつける。顔を上げれば重たい雲の隙間から陽の光が差していた。それを見た僕はため息をつき、再び歩き出した。

——世界は美しい色彩で溢れていた。

こうして、高二の初日はずぶ濡れのまま登校し、更には遅刻で怒られるところから始まった。嵐のせいで傘が飛ばされ風が強くて前に進めずこうなりましたと半分嘘をつけば、少しは責められるのも減ったが、事実、嵐は酷かったし、風も強く傘も飛ばされた。けれど遅れたのは前に進めなかったからではなく、足を止めたからである。

誰かに目を奪われたのは、たぶんあれが初めてだ。つい先日、駅前で撮影中の若手女優を見かけたが目を奪われるなんてことはなかった。あ、いる、本物だなんて他愛もないことを思いながらその場を通り過ぎた。足を止め写真を撮り続ける人たちを横目に、たしかに綺麗だと頷いたのを憶えている。

けれど、有名人でもない、名前も知らない女の子に目を奪われた。そもそも彼女はいったいどこからやってきたというのだ。突然声が聞こえ、振り返ったらそこにいた。そんなことあり得るわけがない。しかし今しがたそれを体験した僕は、もう意味がわからなくなっていた。あり得ないと思っていたことが起きた時、人は理解に苦しみ、何とかして答えを出そうとする。例に漏れず僕もそうだったが、答えが出ることはなかった。

「いったい何だっていうんだよ」

結局、始業式には出ずジャージに着替え、新しい教室の席に着き、濡れた髪を乱暴にタオルで拭きながら口から零れ出した文句は眉間のしわをさらに濃くさせた。考えれば考えるほどわけがわからず、もう面倒になりため息をつき、思考を放棄する。すると教室に入ってきた男女がこちらを見るなり指をさして笑い、女子の方が前の席に座った。

「髪、ずぶ濡れ」

声を上げながら笑っている彼女にわざとらしくため息をついてやったが、効果はない。

「新学期から目立ってるねぇ、機島縁士《きしまよりと》くん」

隣に立っていた男子が煽るように僕の名前を呼び、隠す気もないくせに口元に手を添え口角を上げている。やってられるかとタオルを机の上に投げればそれすら面白かったのだろう。ふたりは顔を見合わせて噴き出した。

「雨宮《あまみや》、上好《かみよし》……」

「もっと嬉しそうにしろ、せっかく同じクラスなのに」

わざとらしく声を高くし片腕を僕の肩に回してきた男子生徒の名前は、雨宮俊希《としき》。去年同じクラスになり、仲良くなった友人のひとりだ。とくに彼とはよく出かけた。相性がよく、何をするにも楽しく過ごせる、僕にとって大事な友人。第一ボタンを外しネクタイを緩め、シャツを出している姿は彼の通常営業だが、おそらくこの後、担任に怒られるだろう。始業式が終わった瞬間この緩み様だ。真っ先に目につけられるに違いない。

「ていうかまた前後の席だね、面白すぎる」

「俺はすごい嫌」

「嬉しいでしょ、ありがとうって言いなさいよ」

「何でだよ」

得意げに笑う彼女は上好晴加《はるか》。こちらも去年から継続で同じクラスの友人だ。大雑把で適当、しかし人望は厚く男女問わず顔が広い。高い位置で縛られた髪が揺れている。その長さは自分が憶えているよりも短いように感じた。

「髪切った？」

「切った。さすが！　雨宮なんて気づかなかったのにー」

「結んでたらわからないだろ」

「そもそもあんた、髪下ろしてる時の私憶えてんの？」

無言で目を逸らし、憶えていると口にした雨宮だが確実に嘘だとわかる。

「駄目だこいつは、諦めな」

「こいつにデリカシーがないのは今に始まったことではないわ」

「何だお前ら!!　ふたりして俺をいじめやがって!!」

うるさくて仕方ないといった顔で、前に座る彼女と一緒に雨宮から顔を逸らしたが、数秒後、三人で顔を見合わせ笑いあった。いつも通りの日常だ。僕たちは馬が合うのだと思う。会話のペースや内容、考えることがどことなく似ているから、一緒に過ごしているのが楽しいのだ。だからこそ、また同じクラスになれたのが嬉しい。ふたりには言わないけれど。

「まあ同じクラスにはなるよね」

「何で？」

「だって選択授業、私たち全部機島と同じにしたもん」

二年次から、選択科目によってクラスが決まるのは知っていた。だが僕はとくにふたりに相談せず、選択した。このクラスは理科の選択が物理、芸術の選択が美術だ。前者は生物、化学よりも成績がよかったから、後者は美術が一番楽そうだからという理由だった。美術の先生はずいぶんおじいちゃんで、授業中に他のことをしていてもほぼ見ていないし、耳も遠いので話していても怒られない。おまけに成績のつけ方も甘い。

だが――。

「何で知ってるんだって顔だな。そりゃあもちろん、俺らが前の担任にお前の選択科目を見せてくれって頼んだからさ!!」

「個人情報ガバガバかよ」

「それで一緒のクラスになれたんだからオッケー」

「よくない、お前ら物理できなさすぎてテストの度に俺が教えてたじゃん」

「そう、今年もよろしくー」

楽しそうに両手を合わせる姿に頭が痛くなった。同じクラスになれたのは嬉しいが、このふたりの勉強ができない具合は相当で、とくに物理は僕がどれだけ面倒を見たかわからない。あまりの点数の悪さに元担任からも、見てやってくれと頼まれた始末だ。だから、このふたりの面倒を見るのが大変だというのと、そこまで苦手なら絶対に物理を選択しないだろうから、必然的に彼らと同じクラスになることはないと思っていたのに。

「教えない」

今年はもう面倒は見ないぞと腕を組めば、物とお菓子で釣ってこようとした。相変わらずのノリに呆れ笑いが込み上げる。しかしそれを了承と取ったのか、ふたりはハイタッチをし、拳を握りしめた。

「そういえば雨宮、また出席番号一番？」

僕は話題を変える。去年の初め、仲良くなる前の彼が自分は雨宮だからいつも出席番号が一番だと嘆いていたことを思い出したのだ。彼は一番を嫌っていた。ふと廊下側、一番前の席を見ればそこには誰も座っていない。

「何と驚け!!　俺二番!!」

「いや別に驚きはしないわよ」

「右に同じく」

「何だよ、俺にとっては衝撃だ」

彼は自分の席を指さし、大袈裟に喜んでみせた。しかし僕らは出席番号一番の苦悩を知らない。

「まだ来てないんだよなあ」

「まさか休み？」

新学期早々、休む人間がいるのか。風邪を引いたとか、そもそも来たくないとか、理由はいろいろあるだろうが。未だ二番と言いながら喜ぶ彼を横目に、自分はいい席だと思った。

廊下から三列目、教卓がある前から四番目の席は中央にあるものの教師から近すぎず遠すぎず、目立ちにくい場所だ。一番後ろは意外と目立つし、一番前は当たりやすいので避けたかった。前に座った上好もそう思ったのだろう。いい感じと呟いていた。

教室の扉が開き、担任の女性教師が入ってきて、軽いあいさつの後、点呼をしていく。出席番号一番は飛ばされ、二番の雨宮から呼ばれた。誰かが一番の人は休みかと聞いたが、担任は、転校生だが手続きが間に合わなかったとだけ話し、それ以上は言及しなかった。関心が顔に出ている雨宮が視界に入ったが、僕はどうでもよかった。

ただ窓の外を眺め、嵐がやめばいいとだけ思っていた。何たって傘を貸してしまったからだ。

翌朝、雨はやんでいた。昨日の嵐で地面の至るところに花弁が散り、絨毯のように広がってアスファルトを隠している。踏みしめれば昨日の雨が乾ききっていないのだろう、僅かに水音がした。新学期早々濡れてしまった制服は、昨日帰ってから急いで乾燥機にかけたおかげで乾ききっていた。晴れ間が覗き、街路樹の隙間から陽の光が零れ出す。昨日の天気が嘘のようだが、嘘でないと散った花弁が証明しているような気がした。

昨日と同様、近道を抜け、シャッター街を後にする。ふと花弁が通り過ぎるように一枚だけ舞った。それに気づいた僕は足を止め、振り返る。そこには枝垂桜があった。

昨日のことが脳内で再生される。実際にあったことなのにどこか現実味がない。木の下に女の子はおらず、ただ優しい風に攫われ木々が揺らめいている。一度、瞬きをしてみたが何が変わることもない。昨日のように、惹きつけられるような気持ちにもならない。まるで幻でも見たような気分だった。けれど僕の傘はなくなっている。それはあの女の子に渡したという証拠だった。

止めていた足をもう一度動かす。傘なんて新しいものを買えばいい。そう思いながら教室に向かった。

そんな僕に答えるように、彼女は現れた。

「はい静かにー」

担任が二回ほど大きく手を叩く。騒がしかった教室はしんとしたが、それでも好奇の目と小声はなくならなかった。

担任の隣、みんなと同じ制服を着た女の子が下を向いている。その上品な雰囲気に男子生徒たちは皆、彼女に釘付けになっていた。誰かに似ている気がした。そう、どこかで会ったことがあるような。

「はい、自己紹介」

その時、顔を上げてこちらを見た彼女と目が合った。

昨日のように大きな瞳をさらに見開き、僕を指さした。僕も同じように驚いたまま彼女を指さす。そして、声が重なった。

「「昨日の人!!」」

思わず大きな声が出てしまう。周りがざわつき、担任が僕らの顔を交互に見る。だが、そんなことを気にしている暇もなかった。彼女は昨日、あの桜の木の下で会った女の子だったのだ。

「指ささないで」

突然、彼女がこちらに指をさしたまま文句を言ってくる。

「はあ？　そっちこそさすなよ」

「私はいいの」

「よくねぇよ、ていうか先にさしたのそっちだろ」

「違う、そっちでしょ」

何だこいつは。こんな風にいきなり文句を言われるとは思わなかった。けれど先に指を下げるのは癪なので、さしたまま話を続ける。

「何だよ、恩人だぞ」

「はあ？　何言ってるの？」

「誰が傘貸したっけ」

「あれは……貸してとは言ってない!!」

「そのせいで俺はびしょ濡れになって遅刻して怒られた」

「じゃあ貸さなければよかったでしょ」

キッと僕を睨みながら彼女が答える。

「あの嵐の中、ずぶ濡れのまま帰ろうとする人間を放っておけるほど酷い人間でないもので」

「酷い人間じゃないなら食ってかかってこないでよ」

「はあ？　誰が先に食ってかかってきたんだよ」

「そっちでしょ」

「そっちだよ」

数十秒前に微笑んでいた品のいい彼女はどこへやら、僕を指さしたまま不機嫌そうな顔で文句を言う。くだらなすぎる。わかっていてもどうしてか負けを認めたくなくて指を下げることができなかった。

「ていうか傘返せよ、こんなやつなら貸さなければよかった」

「ちゃんと返すわよ、こんな人なら借りなければよかった」

そっくりそのまま返す口に腹が立って仕方ない。ひとしきり睨みあった後、担任が僕らの間に立って、終了とひと言だけ放つ。悔しそうに指を下げた彼女を見届けてから僕も指を下げた。

「初めまして、合内海砂《あいうちみさ》です。……親の、仕事の都合でこちらに引っ越してきました。昨日は手続きが間に合わなくて登校できませんでしたが、今日からよろしくお願いします」

「拍手ー」

頭を下げた彼女、合内海砂に拍手が送られる。昨日雨で濡れ乱れていた髪は今、胸元で柔らかいカールを描いていた。ふわふわと言えばいいのだろうか、柔らかそうな髪の毛を耳にかけるその姿は美しかった。先ほどの印象とは違い、品のいいお嬢様のような雰囲気に戻った彼女は席を教えられ、出席番号一番の机に向かった。

その後何もなかったように連絡事項を話しはじめた担任を見ることもせず、つい舌打ちをする。すると同じタイミングでどこからともなく舌打ちのような音が聞こえる。思わず顔を上げれば、彼女が複雑そうな顔をしてこちらを見ていた。一瞬で今舌打ちした人物がわかり、また苛立ちが募った。

初めての再会は最低最悪だった。

「で」

朝のホームルームが終わった後、前の席に座る上好が僕の机に頬杖をついた。そちらを見ず視線を逸らせば、その先で雨宮と彼女が話をしている。再び彼女と目が合い、嫌そうな顔をされたが、おそらく僕も同じ顔をしている。

「いつ知りあったの？」

「別に大したことじゃない」

「大したことじゃないって、機島があんな風に言いあってるところ初めて見たんだけど」

同感である。他人事のように聞こえるかもしれないが、僕はあまり怒らない方だと思う。そもそも怒る人間だったら、このふたりと仲良くなどできないだろう。

「私たちがくだらない言いあいしてても、だいたい本読んでるし」

「それはもういつものことだから」

毎日同じようなことで言いあっているのを見ていれば、またやってると思いながら傍観するのが一番いい。そして言いあいに巻き込まれないよう本でも読めばバッチリだ。僕が一度本を読みはじめると、周囲の声が聞こえなくなることをふたりは知っている。

「いやあんた、そんなに怒るのね」

「俺もびっくり」

「で、いつ知りあったの？」

「いつも何も昨日の遅刻の原因だよ」

そちらを見ずに顎で彼女をさす。視線を感じたのでおそらく見られているだろう。

あの嫌そうな顔で。

「俺いつも近道通ってきてるんだけど」

「ああ、よくあんな気味の悪いところ通ろうと思うよね」

「まあそれはどうでもよくて」

「何か出そうだし……で、それは置いといて？」

「俺が歩いてた時、突然どこからともなく降ってきたの」

いや、歩いてはいない。立ち止まっていた。でもそれを言うと言及されそうなので口にはしないでおく。

「降ってきたって、頭おかしくなったの？」

「おいやめてくれ。脳は正常に回ってるはずだよ」

「じゃあ何で降ってきたなんて言ったのよ」

「突然、後ろで何かが落ちた音がして、振り向いたらそこにしゃがみ込んでいたので」

信じられないといった表情で斜め上を向き息を吐く上好に、こちらも同じように息を吐いた。そうだろ、信じられないだろ。何たって僕が一番信じられないのだ。けれど彼女は降ってきた。それ以外考えられない。

「わかった、とりあえず降ってきたってことにする。天使とか言わないでね」

「あれの、どこが、天使だよ」

一語一語区切り、声を張り上げれば、こっちにも聞こえてるぞーと雨宮の声が返ってきたので唇を引き結ぶ。

「遅刻の原因なの？」

「そう、驚いて立ち止まったの。そしたら向こうが傘も持たず濡れたまま行こうとするから、さすがにそれはよくないと思って傘を貸した」

「優しいじゃん」

「俺もそう思う。見た感じ品がありそうだったから、中身があんなんだとは思わなかった。まあ、昨日も何かひとり言で文句言ってたけど」

何に対してかはわからないが、出会った時彼女はずっと信じられないと文句を言っていた。思い返せばそこから片鱗はあった。なぜ気づかなかったのだ。

いや、気づかなかったというより衝撃が大きすぎて気にも留めなかった。非日常すぎて相手の口が悪いことにまで意識が回らなかった。

というより、昨日の僕は彼女に見惚れていた。美しいと思ってしまっていたのだ。

「そんな馬鹿な……」

「何、突然頭抱えて怖いんだけど」

何とも言えない気持ちで頭を抱える。今からでもまだ間に合う。認識を改めよう。

間違いなく、彼女は僕と合わない。もう、絶対、合わない。絶望的に相性が悪い。ならば話さず近づかず、この一年を過ごすべきだ。クラスメイトが四十人ほどいたら、すべての人間と相性がいいわけがない。

ほどほどの距離を保ち、近づかずにいようとそう心に決めたのに。

「何でこうなった」

　帰り道、なぜか僕は雨宮、上好、合内と四人で歩いていた。教室から出る時、いつものように三人で帰ろうと雨宮に声をかけたのだ。そうしたらあろうことか、彼は合内に声をかけた。驚いた様子の彼女だったが、誘いを断るのも悪いと思ったのだろう。控えめに頷き一緒に帰ることになった。上好は上機嫌だった。機島をここまで怒らせる人間などいないと笑いながら、仲良くしようと言葉を続けた。僕はもうやめてくれと思いながら、乾いた笑いを零すしかなかった。

「えー海砂ちゃんのお父さんってすごい人なの？」

　いつから下の名前で呼ぶようになったのだ。相変わらず上好のコミュニケーション能力には舌を巻く。

「うーん、一応社長ではあるんだけど」

「「社長!?」」

　僕を除くふたりの声が重なった。どうりで品があると思った。強情なところも、よくある我儘《わがまま》お嬢様のテンプレートそのままだった。

「な、何の社長？」

「一応、旅行会社？」

「「旅行会社!!」」

だから先ほどからなぜふたりしてそこまで声が重なるのだ。そして彼女はどうして自信なさげに答えるのだ。自分の親の話なら、そこまで困惑しながら答えるものじゃないだろう。

「やらかしたな機島」

「これはお父様に怒られるパターンね」

「何でだよ」

「だって社長だよ!?」

「こいつの父親が社長だろうが本人には関係ないだろ」

親と子供は別だと、ポケットに手を入れて一歩先を歩く。ブーイングをするふたりの声が聞こえたが、なぜか返ってきたのは彼女の声だった。

「本当に?」

振り返れば彼女は立ち止まり、僕を見ていた。

「親と子供は別だって」

そう言って鞄を握りしめ、なぜだか泣きそうな瞳でこちらを真っ直ぐ射貫く。

「別だろ。たしかに血はつながってるかもだけど、生き方もやりたいことも全部違うし。ていうか違っていいだろ」

まったく同じ人間なわけじゃないんだし、と言い切って前を向けば、そっかと聞こえた。どこか嬉しそうな声音にどんな顔をしているのか知りたくなったが、振り向かなかった。

「じゃあ私たちこっちだから」

「また明日なー」

改札を抜け、手を振る上好と雨宮は反対側のホームに消えていった。

ということは。僕は横目で彼女を見る。春の風が吹き、髪を押さえた彼女も同じことを考えていたのだろう、嫌そうな顔でこちらを見上げた。

「……何駅？」

「海角《かいかく》駅」

「嘘だろー……」

今日何度目かわからないため息をつけば、彼女はまさかと口を手で押さえる。そうだ、気づくのが遅かったな、なんてどこかの漫画で見たような台詞が頭の中で再生された。

「……同じ駅」

「本当に無理」

「奇遇、俺も」

「その同じ気持ちも無理」

「俺も無理」

「真似しないで」

「真似してるのはどっちだよ」

ちょうどやってきた電車に乗り込み、扉の右端に寄り腕を組んだ。目の前には同じように左端で腕を組んでいる彼女がいる。話をする気もなくてポケットに入れていた携帯端末を取り出せば、なぜか彼女は興味津々でこちらを見た。

「……何」

「な、何でもない」

「あっそう」

「うん」

しかし視線は外されない。ちらっとそちらを見れば目が合い、思いっきり顔を逸らされる。そして彼女は車内を興味津々に眺めはじめた。

「子供かよ」

「失礼なこと言わないでくれない？」

「そんなじろじろ見て、電車に乗ったことくらいあるだろ」

「……あるよ」

「何、その間」

端末から目を離し彼女を見れば、頬を膨らませながらこちらを睨んでいる。いったい何だというのだ。いくら社長の娘だって電車くらい乗ったことあるだろう。どこで生活していた。

「このくらい」

片手の指で数を教える。立っているのは三本。

「三回!?」

「うるさい、大声出さないでよ!!」

車内にいる人たちの視線が一斉にこちらを向く。気まずくなり目を逸らすと、彼女が話を続けた。

「普段は車だから」

「お嬢様が何でうちの学校に来たんだよ、海角駅にお嬢様学校あったしそっちにすればよかったのに」

「私も不服だったけど、この学校だったから」

左様ですかと両手を上げたら一瞥されたが、もう気にすることなどないだろう。それにしても先ほどの会話でお嬢様だとは理解していたが、電車に三回しか乗ったことがない人間など現代にいるのかと驚いてしまう。

「じゃあ迎えとか来るんじゃないの」

「……来ないよ」

「ふーん」

失言だったのだろうか。彼女の顔が一瞬で曇った。会話を広げることもせず黙るが、そもそもなぜ彼女の顔色をうかがう必要があるのかと思い直した。

「お嬢、座らないんですか」

「何その呼び方」

「お嬢は立ちっぱなしの体力などないと思いまして」

「ある！　……いいの、立ってる方が外の景色を見られるから」

「別に外に面白いものなんてないだろ」

「私にはたくさんある」

そう言って視線を窓の外に向け、横顔に光が反射した。瞳は輝き、口角は少しだけ上がっている。立っているだけで絵になる人間は多くない。どこか嬉しそうな雰囲気をまとう彼女に、黙っていれば綺麗なのにと思った。

「ねえ、あれは？」

「どれ」

「あれ、あの塔みたいなの」

指さされた先にあるのは工場だった。煙突のことを言っているのだろうか。

「あれ工場の煙突だろ、煙上がってる」

「煙突って、あの赤い服着たおじいさんが入るって噂のやつ？」

「赤い服着たおじいさん……？」

誰だそれは。必死に記憶を探ると、ひとりだけ該当する人物が浮かんだ。

「それサンタクロースのこと言ってる？」

「そう!!　そんな名前だった」

「……まさか信じてる？」

「信じてはいない、会ったことないもの」

そんなもの幻想だわと言いながらも嬉しそうに煙突を見つめる姿は、まるで子供のようだ。

「工場のない場所で育ったのかよ」

「あったけど、あんな感じじゃなかった」

「どこに住んでたんだよ」

何だか面白くなってきて、思わず笑みが零れる。一瞬目を見開いてこちらを見た彼女に、何、と問いかければ何でもないと言い、慌てた様子で顔を再び窓に戻す。

「綺麗な世界だよね」

「そう？　普通だよ、普通」

「……何でもないと思っているものが、誰かから見れば綺麗だってこともあるのよ」

視線を動かさず答えた彼女から、なぜだか目が離せなくなった。眉尻を下げ、口角を少し上げた表情は何かを懐かしむようにも思えた。

そこから最寄り駅に着くまで会話はなく、僕はただ彼女を横目で見ながらポケットに入れた端末を再び取り出し、片手間に触った。車内でいつもつけているイヤホンも今日は鞄の中で眠っていた。

最寄りの駅に着き、改札を先に通る。数歩後に改札を通った彼女はぎこちなかった。電車に乗るのは三回目だって言ってたし、と頭の中で納得する。

「じゃあ私こっちだから」

駅から出てすぐに歩道橋があり、彼女は左を指さした。僕はこっちと反対側を指さす。彼女が示した方向には高級マンションが立ち並んでおり、おそらくあの中のどれかだろうと察した。

「じゃあ」

軽く手を振って背を向け、振り返ることもないまま帰路についた。また明日と言わなかったのは、明日も同じように一緒に帰りたくはなかったからだ。教室にいた時のように言いあいになることはなかったが、そもそも僕と彼女は相性が悪い。今日時間を共有して改めてわかった。僕らはあのふたりがいないと一緒にいるのが難しい。ふたりになった瞬間、軽く会話したのち、口を開くことをやめたのがいい証拠だ。

「まあ、次はないだろ」

夜風　頬に当たる温かい風が、まだ知らぬ感情を教えていた。

そう口にしてから二十四時間後、早くも次が訪れた。

「おい正気か」

「正気も何も、機島は何でそこまで毛嫌いするのよ」

「合わないから」

「逆じゃない？　合いすぎるから言いあいになるんでしょ」

「二、度、と、言、う、な、よ」

一字一句正確に口にすると、上好は両手を上げ、手の平をひらひらしながら鼻で笑った。駄目だ、通じていない。頭に手を添え大袈裟に息を吐くも、彼女はそれを見ずに歩きはじめた。

青空の下を四人で歩く。前の三人が楽しそうに話しているところを、少し後ろから眺める。気が乗らない足を一歩ずつ前に進めていると、不意に振り向いた合内が僕を見て嫌そうな顔をした。そんな顔をしたいのはこっちである。

いつの間に仲良くなったのか、それとも雨宮と上好のコミュニケーション能力が異常に高い影響なのかはわからないが、彼女は一日で僕たちの中に馴染んでしまった。積極的に話す雨宮を見て控えめに笑っている姿は、今しがた僕に嫌そうな顔を向けた人物と同一とは思えない。両手を頭の後ろで組み、空を仰ぎ見る。

いったいなぜこうなったのかというと、彼女のあるひと言がきっかけだった。

「「ゲームセンターに行ったことがない!?」」

「うるせ……」

「い、行ったことないよ?」

両耳に手を当て、視線の先にいる雨宮と上好にもう一度うるさいと口にすれば、机に手をつき呆然と立ち尽くすふたりが顔を見合わせた後、合内の肩を摑んだ。

「それは人生損してる!!」

「いや、損でもないだろ」

「あんなに面白いところ、この世界のどこにもないぞ!!」

「あるよ、世界狭すぎだろ」

交互にたたみかけるふたりに思わずツッコミを入れる。いつものことだが熱が入ったふたりは止まることを知らない。合内は困ったようにこちらに助けを求めてくるが、僕はそれには何も言わず目を逸らした。残念ながらこうなった彼らは手がつけられないし、僕に助けるつもりはない。

「楽しいぞ、本当に！」

「クレーンゲームとか！」

「メダルゲームだろ！」

「プリクラもあるのよ！」

雨宮と上好が再び交互にたたみかける。

「プリクラ?」

「おい伝わってないぞ」

クレーンゲームにメダルゲームとは、と首を傾げる彼女を見て、本当にわからないのだと気づいた。必死に考え込んではいるものの、答えが見つからなかったのだろう。再び口を開いた時、彼女は的外れな発言をした。

「重機のクレーンをぶつけあうゲームがあるの?」

「そんな物騒なゲームあってたまるか」

雨宮は噴き出し、上好は腹を抱えて笑い、僕はつい声を張り上げてしまう。本当にわかっていないらしい。クレーンをぶつけあうなんて、よくそんな発想が生まれるものだ。

「アームを使ってぬいぐるみとか、お菓子を取るんだよ」

こうやって、と両手を使い、雨宮の頭を挟んだ上好に引っ張られた雨宮が、謎の奇声を上げて動く。まあ、突っ込みどころは満載だが的を射ているのは確かだ。彼女は首を傾げているが、僕は行けばわかると口にした。

しかし、その言葉を聞いた三人が驚いた表情でいっせいにこちらを見る。

「……何」

「いやー、一緒に行ってくれるんですねぇ上好さん」

「あんなに嫌そうな雰囲気出してたのにねぇ、雨宮くん」

失言したことに気づいたのは、ふたりの楽しそうな表情を見てからだった。一緒に行く気などなかったのに、これでは自分も行くと言ったようなものだろう。

「一緒にとは言ってない……」

「よーし、機島が心変わりしないうちに行くぞー」

立ち上がり、僕の鞄を奪い去った雨宮がひと足先に教室から出ていってしまう。後に続いたふたりは僕をひとり、教室に残していった。頭をかき、仕方なくその後を追う。廊下に出れば先に出たはずの彼女が立ち止まってこちらを見ていた。

「何だよ」

「別に」

微笑まず顔をしかめることもなく、ただこちらを見てなぜか納得したように頷いた。

歩きはじめた彼女に仕方なくついていくが、歩幅が狭く一瞬で追い越してしまう。追い越した時、廊下の窓から風が吹き込み、靡《なび》いた彼女の髪から花の香りがした。どこかで嗅いだ憶えのある匂いだったが思い出せず、階段へ向かう。早足で駆け下りるも、後から続くはずの足音が聞こえず、踊り場で立ち止まって振り返った。彼女は階段の一番上でこちらを見下ろしていた。

「……何だよ」

「……その匂い、何？」

「は？」

「さっき追い越された時、何の匂いかわからないけどいい匂いがした」

「いい匂い？　……ヘアワックスしかつけてないけど」

「じゃあそれかも」

階段を下りる彼女の足元に、陽の光が差し込み光の道ができていた。一歩下りる度、上履きの先が照らされる。髪を押さえながら下りてくる姿から、僕は目を逸らした。

「自分だってそうだろ」

「何が？」

「さっき追い越した時、何か、花の匂いがした」

「花の匂い？　……ああヘアコロンの匂いかも」

昨日買ったやつ、と最後の一段を下り、同じ場所に来た彼女はこちらを見上げ、口にした。近づけば近づくほど、自分とは違う生き物だと認識させられた。身長が特別低いわけでもないけれど、華奢な身体が、こちらを見上げる瞳が、どうしたって別世界の生き物だと思わせるのだ。

自分とは違う、友人たちとも、他の異性とも違う。整った顔立ちゆえなのか、まとう雰囲気ひとつひとつが、この世のものとは思えなかった。

「桜の匂い」

それだけ言って僕の目の前を通り過ぎ、階段を下りていく彼女の背を見ながら、妙にすっきりした気分になった。答えが出なくて少しもやもやしていたのだ。

ポケットに手を入れ、僕も階段を下りる。下駄箱に向かうとすでに靴を履き替えていたふたりがにやにやしながらこちらを見ていたので、ため息を一度ついてから鞄を奪い去った。

「この期に及んで文句言うなんて、男らしくなーい」

「むしろ上好が思う男らしさってなんだよ」

「……何だろうね」

「自分で言っといて……」

さて、僕が正気かと文句を言ったのはこの数十分の間に再び彼女と言いあいをしたからだ。きっかけはもう憶えていないほど些細なものだったが、やはり彼女とは合わないと思い知らされる。わざとらしく鼻を鳴らし先を歩くその背中は先ほど見続けていた背中と同じはずなのに、どこか違う気がした。おそらく背中からもその苛立ちが漏れているからだろう。僕だって同じ気分だ。何が悲しくて合わない人間と一緒に出かけなければいけないのだ。

再び僕の隣にやってきた上好に呆れていると、隣駅にある大型ショッピングモールに着いた。平日の午後、同じように制服を着た学生が目に入る。みんな考えることは同じらしい。向かう先は三階のゲームセンターだ。

「人多いね」

「ここら辺で一番大きいゲームセンターだぞ！」

なぜか雨宮が胸を張り、彼女が続けて感想を口にする。

「音が大きい」

「ゲームセンターなんてどこもこのくらいうるさいわよ、頑張って慣れてね」

上好が言うと、合内は目を輝かせた。

「キラキラしてる」

「小学生かよ」

鼻で笑うと彼女が腕を叩いてきたが、痛くも痒くもなかった。

「はいふたりとも、喧嘩しないー!!」

僕らの間に雨宮が割って入り、行くぞと言って僕の腕を摑んだ。後ろを見ると女子同士仲睦まじく腕を組み、クレーンゲームを指さしている。

「何でそんな喧嘩腰なわけ？」

「さっき上好にも似たようなこと言われた」

「いつもの機島らしくないよな」

お菓子のクレーンゲームの前で立ち止まった雨宮が財布から小銭を取り出す。積み重なったチョコレートを崩して落とすゲームだ。欲しいのかと問えば、そこまでと返される。

「何か、合わないんだよ」

「俺たちから見ると、むしろ合いすぎて喧嘩してるようにしか見えないぞ」

「冗談やめようか」

「全然冗談じゃないけど」

雨宮は矢印の描かれたボタンを押し、まずは横に移動させる。続けて、縦に移動させ目標に狙いを定めた。

「まあ仲良くしようぜ、せっかく同じクラスなんだし」

「…………」

「無視!!」

アームが降りてチョコレートの先に当たる。押されたチョコレートは何度か揺れた後に止まった。落ちるほどの衝撃はなかったのだろう。彼は悔しそうにもう一回と呟いた。その様子を見ながら、腕を組んで後ろの壁に背を預けた。

「下手くそ」

「じゃあ代わってくれよ!!」

「嫌だよ、落ちそうにないもん」

再び熱中する彼を見ながら、僕は自分自身が理解できなかった。

これまでの人生で誰かと言いあいになったり、合わないと感じる人間に会ったことはなかった。もしかしたら会っていたのかもしれない。けれどそんな人たちとは一線を引いて生きてきた。無理に言いあう必要などない。自分が疲れるだけ。だからこそ、合内海砂は僕にとってわけのわからない存在だと思う。

目に入ると何かを言いたくなるし、彼女が文句を言えば反論したくなる。世間知らずの面に気づく度笑ってやりたくなるし、不服そうな顔を覗かせた時に、こっちだって同じ顔をしたいと思う。これに関しては彼女が不服そうな顔をしている時、僕も同じような顔をしているだろうが。

からかいたいわけではないけれど、何となく目につくのだ。出会ってからまだ三日しか経っていないのに、それまでの僕の日常を変えられた気分だった。

「お、来た」

目の前でチョコレートの山が崩れ、受け取り口に落ちてくる。手を入れその中のひとつを取り、ごちそうさまですと言ってから包装を開けて口に入れた。よきにはからえなんて偉そうに胸を張った友人が嬉しそうに袋にチョコレートを入れる姿を見て、思わず笑みが込み上げた。口の中に入れたチョコレートは熱でゆっくり溶けていく。甘ったるい匂いが鼻から抜けていき、ほどなくして溶け切り、口内から消え去った。

「えー取れてる!!　すごいすごい」

テンションの上がった上好が後ろから顔を出し、袋に手を突っ込んで、掴めるだけのチョコレートを奪い去った。いくつかをポケットに、残りを鞄の中に入れたその姿はまるで強盗だ。

「俺が頑張って取ったチョコレート!!」

「こんなに食べられないでしょ、ありがとー」

満足そうにチョコレートを手にした上好は、彼女に手を差し出す。

「欲しかったら海砂もどうぞ」

「いやだから俺のだって!!　あげるけど、上好が渡すのは違うだろ!!」

「諦めろ、上好は止まらないよ」

再びチョコレートを奪おうとした上好と袋を守る雨宮、いつも通りだ。いつもゲームセンターに来てどちらかが景品を取ると、奪いあいが始まるのだ。合内は不思議そうに眺めていたが、次第に口角を上げクスクスと笑いはじめた。

「仲良し」

「普通だろ」

「これが普通ならずいぶん素敵な普通だよ」

ふたりを見ているのにその瞳はどこか遠くを見ている気がした。昨日もそうだが、彼女は目の前にいて話をしているのにもかかわらず、どこか遠くを見ているのだ。ここではない、どこか。そのどこかはわからない。ただ、言いあいをしている時以外は、遠くを見ている気がした。

「それ」

「え？」

僕は手の平にのったチョコレートを指さす。彼女の手にはビターチョコレートが四つ、ミルクチョコレートがひとつのっていた。

「食べないの？」

「今はいいかな、後で食べようと思って」

「ふーん」

「何？」

「一個ちょうだい」

「いいけど……」

驚いた表情を浮かべる彼女を横目に、手の平からミルクチョコレートを奪った。

「そっちなんだ」

「食べたかった？」

「ううん、チョコレートはビターの方が好き」

「俺は甘い方が好き」

赤い包装を破けば小さなチョコレートが顔を出す。口に入れると再び口内に甘い香りが充満した。糖分が身体中に行き渡り、脳が活性化したような気分に襲われる。一瞬で脳まで届くわけもないが、甘いものは大事だ。

「甘党なのね」

「割とね」

歯を立て噛み砕く。小気味のいい音が鳴り、口内でチョコレートが割れた。

「生クリームは好きな人？」

「そっちはあんまり」

「おいしいのに」

「食べすぎると気持ち悪くなるし」

「食べすぎなんじゃない？」

ふと、気づく。今、自分は彼女と普通に話している。お互い笑っているわけではないが、しかめっ面でもない。楽しそうに見えるかと言われたら否かもしれないが、言いあいをせず会話ができている。

やろうと思えばやれるんだな、自分。そう思いながらチョコレートを味わっていると、両手いっぱいにチョコレートを手にした上好が満面の笑みで戻ってきて、その後ろで小さくなった袋を抱きしめる雨宮が見えた。ああ雨宮が負けたのだ。つい笑ってしまった。

「はいあげる」

僕たちの手の平に再びチョコレートをのせてきた上好に追い剝ぎみたいだと言えば、上好は取られる方が悪いと平然とした顔で返してきた。毎度のことながら彼が可哀想になる。

「じゃあ次、あれやろう!!」

上好が指をさした先にあったのは、今人気のアニメに出ているゆるキャラのぬいぐるみだった。アザラシのような見た目で耳が生えている姿は、お世辞にも可愛いとは言えない。しかし合内は意外な反応を見せた。

「可愛い……!!」

「あれが?」

「可愛い、あの水色の身体もひれみたいな耳も、目が星なのも可愛い」

「あれが?」

「二回も言うなよ機島」

雨宮があきれたように言う。

僕の記憶だと、あのゆるキャラは公式で推しているにもかかわらず人気がいまいちだった。到底可愛いとは思えないその姿を見た彼女は、目を輝かせて上好にクレーンゲームのやり方を聞いていた。

「美的センスが理解できない」

「言うな機島。俺も何であれなんだろうって思ってるから」

隣には今とても人気のゆるキャラが置かれている。しかし彼女はそちらに目もくれず、小銭を投入した。人の好みとはわからないものである。俺たちも何かやろうと言った雨宮とその場を離れた。

いくつかのゲームをやり、それなりに収穫も得た。袋の中にはお菓子が詰まっている。こんなに取るんじゃなかった、間違いなく食べ切れないと少しばかりの後悔が芽生えた。

「絶対こんなにいらない」

「とりあえず山分けする？」

「それにしても機島たくさん取ったね、相変わらず上手だね」

クレーンゲームが得意でも、人生にいい影響があるかと言えば否だろう。たしかにたくさんのお菓子を手に入れたが、この才能はなくてもよかったんじゃないかと思う。

「そういえば合内は？」

雨宮の言葉に上好が苦笑する。こっちと上好が指さす方向へいけば、先ほどのぬいぐるみの前で未だ格闘している彼女の姿を見つけた。

「まだそこにいたの？」

「……取れない!!」

子供のように駄々をこね文句を言い出す彼女に、僕らは顔を見合わせる。

「落ち着け合内、いくらつぎ込んだ？」

雨宮が聞けば驚愕の答えが返ってきた。

「一万円」

「一万円!?」

さすがお嬢様、お金の使い方が派手である。さすがにクレーンゲームに一万円もつぎ込むとは思わなかった。そして一万も使ったのに取れないとは。

「買った方が安かった可能性あるだろ」

「いや売ってないよこれ、ゲームセンター限定のやつだもん」

上好が彼女を慰めているが、本人はまだ諦めきれないといった様子だ。どうしてこれがそんなに欲しいのかわからないが、もう一万円崩すと言い出した。さすがに見ていられなくなった僕は財布を開く。幸か不幸か、百円が一枚だけ中に入っていた。

半泣きで、悔しいと唇を尖らせる姿が小さな子供のようでつい笑いが込み上げる。すると彼女がこちらを睨んできたが、はいはいと口にし百円を握りしめた。

「一回だけだぞ」

お金を入れ音楽が鳴りはじめる。ボタンを動かしアームを下げれば、アームにタグが引っかかり、上がるタイミングで滑るように受け取り口に落ちてきた。彼女はそれを何度も瞬きをしながら見ていた。隣にいたふたりも同じような表情だったが、僕は気にせず受け取り口からぬいぐるみを摑み、彼女の腕に押しつける。

「ほら」

おずおずと腕を開きぬいぐるみを受け取った彼女を見た後、僕は腕時計に目をやった。時刻はいつの間にか午後六時を過ぎていた。

「もう帰るぞー」

先ほど貰ったチョコレートを再び口に入れ歩き出す。すると雨宮たちが、さすがと僕の肩を叩いた。

「今のは格好よかった!!」

「それはどうも」

「さすがクレーンゲームの達人!!」

「全然嬉しくないその呼び名」

振り返ると、彼女はぬいぐるみを抱きしめたまま軽い足取りで後ろをついてくる。そんなに欲しかったのかと思いながら見ていると、顔を上げた彼女と目が合った。何か言いたそうにこちらを見ていたが、雨宮の、電車があと少しで来るという言葉で僕たちは走り出した。

「じゃあまた来週!!」

駅に着き、来た電車に飛び乗っていった雨宮と上好に走りながら軽く手を振り、僕たちも同じように反対ホームの電車に飛び乗る。背後で閉まったドアに背を預け上がった息を整えていると、目の前で膝に手をつき息切れをしている彼女が目に入った。小脇に抱えられたぬいぐるみが鞄からちらちらと顔を覗かせていた。落ちそうになっているそれに手を伸ばした瞬間、電車が激しく揺れ、彼女の身体が傾く。慌てて腕を摑むとぬいぐるみが床に転がっていった。

驚いて彼女がこちらを見る。たぶん、僕も同じ顔をしている。腕なんて摑む気はなかった。けれど反射的に手が伸びたのだ。ゆっくりと摑んだ手を離せば、彼女は転がったぬいぐるみを抱き上げ、僕に背を預けた。

僕の手はしばらく行き場をなくしたままだった。触れた指先が熱く感じるのは、きっと春のせいだと思い込む。握りしめた手の平は空気を摑み、ポケットに戻る。お互い口を開くことはなく、最寄り駅までの短い時間、彼女の方を見られなかった。

「じゃあ」

暗くなった空には星が輝いていた。電光掲示板が光り輝き、街灯が夜を照らしている。まだ街に人が行き交う時間だ。店先の電飾が道行く人を誘う。春の夜はまだ少しだけ寒い。

「また」

それだけ言って背を向けた彼女を見てから背を向け歩き出す。そういえば大量のお菓子を山分けするのを忘れていたが、来週でもいいか。歩く度に音を鳴らすお菓子の袋を一瞥し前を向く。金曜日の夜は活気があって好きだ。

「ちょ、っと待って!!」

不意に背を引っ張られ、足が止まる。振り返れば僕の制服を彼女が摑んでいた。

「何、何かあった?」

「あの、これと、さっきの……」

これ、と指さしたのは大事そうに抱えられていたぬいぐるみだった。

「さっき？」

「電車で、腕摑んだでしょ」

ああ、そのことか。本当は落ちそうなぬいぐるみを摑むはずだったのに、彼女の腕を摑んでいた。文句でも言われるのかと思い、斜め上を見ていれば耳に届いたのは僕が予想していなかった言葉だった。

「ありがと……」

「え？」

「だから、ありがとう。取ってくれたの本当に嬉しかったし、腕摑まれてなかったら転んでた」

ありがとう、と再び感謝の言葉を口にした彼女の頬は赤らんでいて、僕がまだ見たことのない表情をしていた。目尻が緩やかに弧を描き、赤みのある唇が街灯に照らされ輝く。心臓が一度、握りしめられたような感覚がした。制服を摑んだ手はゆっくりと離れていき、それじゃあと告げる。夜の中、細い指先が光り輝いているように見えた。一瞬目を奪われたが、離れようとする彼女の手を僕は再び摑んだ。今度は彼女の驚いた声が耳に届く。それから僕は、自分が何をしたのか理解した。

「あ、悪い」

急いで手を離すと彼女の顔は先ほどよりも赤くなる。そんな反応をされるとは思わなかった。てっきり文句を言われるものだと思っていたのに、目の前の彼女は下を向き黙っている。何だか調子を狂わされる。僕はあー、と間の抜けた声を出した後、彼女の手にビニール袋を握らせた。

「広げて」

「え？」

「いいから」

言われるがまま袋を広げた彼女を見てから、その中に、大量のお菓子を分けていく。半分ほど入れたところで手を止め、あげると口にした。すると彼女はこんなに貰えないと返してくる。

「食べられないから？」

「食べられるけど、申し訳ないし」

「いいよ、俺もひとりじゃ食べ切れないし」

「でも……」

「あー、じゃあさっき貰ったチョコレートのお礼って言えばいい？」

「それだったらぬいぐるみも取ってもらったし……」

「素直に受け取れよ……とりあえず俺ひとりじゃこの量はきついから持って帰って。はい、以上」

いったいなぜそこまで渋るのだ。これがあのふたりだったら喜んで飛びつくし、何なら足りないとも言うだろう。僕があげると言ったのだから、貰ってくれてかまわないのに。まさかこのお菓子で借りを作りたくないと思っているとか？　だが、再び小さなありがとうの言葉が耳に届いた。ようやく僕がその場から離れようとしたら、袋の中身を見た彼女が待ってと制す。

「……何か嫌いなものでも入ってましたか？」

「そうじゃなくて、はい」

自分の袋の中から赤い包装のお菓子だけを器用につまみ、僕の袋の中に入れた後、黒い包装のお菓子だけを代わりに取っていった。それは、先ほど好きだと教えたミルクチョコレートだった。自分の袋からわざわざミルクチョコレートだけを取り、代わりにビターを取っていった彼女は目を一度大きく開いた後、眉を下げ口元に手を当て笑った。先ほどの照れたような笑い方とは違う表情に、僕はまた目を奪われた。

「それ、さっき好きって言ってたから」

今度こそ、ありがとうまた月曜日と言って手を振り、軽快な足取りで背を向け歩いていく彼女をしばらく呆然と見つめた。その場にしゃがみ込んで大きなため息をつき、前髪をかき上げる。

「何だそれ」

腕を地面に向かってだらしなく伸ばし、もう一度詰まった息を吐き出す。

顔が熱いのは、きっと春のせいだ。

夕暮れ

きっと思い出は、陽が暮れる度に息をする。


「ということで、明日はテストです」

帰り道、ファミレスで深刻そうに両肘をつき教科書を睨む雨宮の隣でストローに口をつける。空気を入れボコボコと音を鳴らしていると、恨みがましい目でこちらを見られたのでやめた。昔からストローを咥えると音を鳴らしたくなるのだ。

吸うと真っ白なストローに緑色が這い上がってくる。口に含むとどこがメロンなのかわからない味がした。いつも思うが、メロンソーダは本当にメロンなのだろうか。ただ緑なだけにしか思えない。上にのったバニラアイスをスプーンでつついていると向かいの席でまったく同じことをしている彼女が目に入り、思わず顔をしかめる。すると向こうもこちらを見て同じ表情をしているが、彼女のグラスの中に入っているのはコーヒーだ。

アイスクリームの上にひとつだけのったさくらんぼに手を伸ばすと、横から叫びに似た声が届き手を止める。

「ねえ聞いてる!?　聞いてるの!?」

「うるせ……聞いてる聞いてる」

「じゃあ私が今何て言ったのか答えなさいよ!!」

「何そのキャラ……、何もわかんないって言った？」

「ほら聞いてなかったじゃない!!」

　口調を変えて大袈裟な態度を取る雨宮の前には、物理の教科書が開かれていた。ここは天体の情報と公式をただ憶えるだけの箇所である。

「頭に入るかこんなもん」

「憶えるだけだろ、別に計算しろとは言ってない」

「私が、物理苦手なの、知ってるでしょ」

「でも物理専攻を選んだのは貴方です」

「もう嫌、何で選んでしまったの……」

「いつかこうなるとは思ったけど、思ってたよりも早かったな」

　さくらんぼを口の中に入れ歯を立て、出てきた種を紙ナプキンで包み丸めてから実を味わっていると上好が馬鹿だと笑う声が聞こえた。

「お前も俺と同じだろ」

「さすがにここは憶えるだけだし、余裕よ余裕」

「裏切り者!!」

上好の言う通りである。教えることすらない。このページを憶えてください、以上。指さしてそれを口にすれば雨宮は泣き真似を始めてくるが、これ以上言うことなどないのだ。

「いいじゃん、全部の教科小テストだけだし」

「ていうか私、古文の方がやばいんだけど」

「俺全部やばい」

「古文ってどんな問題が出るの？」

「……確か何個か和歌が出て、どれかひとつを選んで訳と感想を書くやつ。訳さえできれば点数貰えるから、あれほど楽なものはない」

「それ機島だけだから。こっちは訳すらできない」

「憶えるだけ憶えるだけ」

「お前さっきからそれしか言わないな？」

肩を摑まれ揺らされるが、実際、憶えるだけなのだ。何が出るかはわからないが、どれも何となく憶えておけばそれなりに解釈することは可能である。ついでに言うと、今読んでいる小説にもいくつか和歌が出てくるので、そのうちのどれかが入っていれば僕はより点数が取れるだろう。

「私、古文まったくわからないんだけど」

目の前で、理解できないという上好の言葉に続いた彼女に少しだけ驚いた。勝手な印象だが勉強ができる方の人間だと思っていたからだ。

「国語？　とかよりも数字の方が得意」

「理数系なのすごいね。機島は物理できるのに数学は駄目だよね」

「同じようなものじゃない？」

「一緒じゃない、あんなのと一緒にするな」

いつも赤点は回避するが、数学は好きではなかった。物理であれば、その公式は何を求めるものかが明確だから興味が湧く。たとえば天体までの距離や物体の動く速度など、意味がある公式だからだ。けれど数学にはそれが見出せない。たしかに物理と似たような公式がいくつもある。だが僕にとって数学は魅力的ではなかった。

浪漫だ。馬鹿みたいな話だが浪漫がない。その公式が解けて答えが出たとしても、答えが何を生み出すかを理解できない。そんな話を前に雨宮と上好にしたことがあるが、逆にその考えが理解できないといった様子で顔を歪められた。

同じような理屈で、古文や歴史学など、過去が今に生きているものの方が好きだった。

「まあ何とかなるって」

新学期の最初はいつだって小テストから始まる。各教科で小テストをし、生徒の実力を測るのだ。英語などはそれでクラス分けをされる。最初の関門だが、まあ去年の内容がわかっていれば何とでもなる。

「みんな機島みたいに記憶力がいいわけじゃないんですー」

唇を尖らせ皿にのったチキンを頬張る雨宮が文句を言ってくる。たしかに記憶力はいい方だが、それでも秀でているというほどではない。手を伸ばし、チキンをひとつ奪うと彼は悲鳴を上げたが、すぐに目の前の上好に同じように奪われショックを受けていた。

「何か雨宮くんって可哀想だね」

「わかる？　合内、俺すごい可哀想なのいつも」

「大丈夫よ、雨宮も同じことしてくるの。やられることの方が多いだけで」

「三回中二回は雨宮が標的になる」

「それもうほとんど標的じゃない……」

僕と上好の発言を聞き、彼女は引いた顔でこちらを見ているが、僕らにとってこれは普通だ。仕方なくまたチキンの注文をしている彼に、上好がこっちがいいとポテトを指さすのもセットである。そしてだいたい、上好の言うことは受け入れられるのだ。

教科書を開く気配すら見せず鼻歌交じりにアイスを口にしている彼女と、頭を抱える雨宮は対照的だった。

「余裕そうで」

「……たぶん大丈夫だから」

「いいなあ海砂ちゃん、私にもその脳を分けて」

「頑張って」

「見捨てないで!!」

開いた教科書を覗き込んだ彼女は、あ、と小さな声を漏らした。

「何かあった？」

「ううん、何でも」

彼女の視線は左下の小さなコラムに向いていた。

「……オールトの雲がどうかした？」

僕が呟けば、別にと曖昧に笑う。

「何、オールトの雲って？」

試験範囲だというのに一切読もうとしない雨宮に代わり、僕は文章を口にした。

「『一九五〇年、オランダの天文学者のオールトが長周期彗星と非周期彗星の起源と提唱した、太陽系の外側を球殻状に取り巻いている理論上の天体群である』」

「ごめん全然意味わからん」

「だから、オランダのオールトさんって人がその昔彗星はここから降ってくるって言った、確認のできていない天体群があるってこと」

「へえ」

感心したような声を出しているが、おそらく彼は理解できていない。この適当な返事はわからない時のものだ。

「つまり存在しないってこと?」

「しているかもしれないけど、確証は取れていないっていう小話」

「ふーん」

同じように聞いてきた上好も、興味なさげに頬杖をついた。

よくある箸休めのようなコラムだった。けれど彼女はそれを見続けていた。

「まあ実際見つからないとあるかどうかはわからないからな」

「機島的には浪漫があるんじゃない?」

「かもな、あれば面白くない?」

「どうしてそう思うの?」

「だってそこから彗星が降ってくるのであれば、軌道も全部読める。どんなエネルギーがあるかはわからないけど、活用はできるんじゃない?」

目を見開いた彼女は大きな目をさらに大きくしている。何? と問うが、何でもないと返された。いったい何だというのだ。

「機島くんはロマンチストでしてね。すぐこういったことを話すんですよ」

「にやにやするな」

「いいんじゃない？　想像力が豊かなのはいいことだと思うよ。私にはまったく思いつかないし」

ストローに口をつけた彼女はこちらを見ずにそう答える。彼女のことだから絶対に笑い、また言いあいが始まると思ったがそうはならなかった。

「それに、あるかもしれないよ」

「ないんだろ」

「今はないって言われてるけど、いつか存在してるってわかるかもよ？」

「たしかに、それは一理ある」

でも、と彼女は言葉を続けた。

「それよりもこれ憶えた方がいいんじゃない？」

微笑む彼女の姿が、早くやれと言っているように見えたのはたぶん気のせいではない。上好と雨宮は再び教科書に視線を戻す。僕はというと、そんなふたりに微笑ましい視線を向ける彼女をこっそり盗み見ていた。

「はい、教科書しまってー。テストするよ」

チャイムの音と同時に入ってきた古文の担当教師の言葉にみんなが項垂れた。小テストといえどテストが好きだという人間は少ないだろう。目の前の上好は大きなため息をついているし、斜め前で雨宮は終わったと呟いている。合内に至っては、なぜか首を傾げていた。

「わからなかったら揺れるから、背中に答え書いてね」

「カンニングじゃん、嫌だよ巻き添え食らうの」

上好が真剣な表情でこちらを見て何を言い出すかと思えば、不正のお願いだった。笑いながら嫌だと返すと上好はもう終わったと頭を下げる。

「大丈夫じゃない？　そんな難しいの出てこないだろ」

去年も同じ先生だったしと、教壇の上にいる女性教師を指させば、私あの人好きじゃないと返ってくる。

「言ってることわかんないもん」

「いや普通に授業してると思うけど」

「ほら見てみな、雨宮なんて壁に頭こすりつけてるよ」

「何あれ、怖」

上好の指の先には、廊下側の壁に頭をつけて何かをぶつぶつ呟く友人の姿があった。

「ていうか何で海砂ちゃんはずっと首傾げてるんだろうね」

「知らない」

「仲良いでしょ」

「よくない」

彼女が首を傾げている理由なんて知るはずもない。だいたい出会ってから一週間しか経っていない人間のことを理解している方が怖い。

問題用紙が前から回ってきて、上好が僕にそれを渡しながら嫌そうな顔でこちらを一瞥した後、前を向いた。

「始め」

一斉にシャープペンシルで紙に文字を書く音が聞こえはじめる。芯を出すノック音が混じり、それ以外の音が聞こえなくなる。僕も一度、芯を出すため親指を動かした。名前を書き、全部の問題をざっと見たが特別難しいとは思えなかった。

『この中で一首を選び、現代語訳と自身の解釈を書きなさい』

出典万葉集と書かれた三つの歌のひとつは、先日から読んでいる小説にも出ていたものだった。僕は思わず心の中で握り拳を作る。これでこのテストはパスできたも同然だからだ。

「ラッキー」

小声で呟き、選択肢の中からひとつの歌を選ぶ。

『なかなかに黙《もだ》もあらましを何すとか相見そめけむ遂げざらまくに』

大《おお》伴《ともの》家《やか》持《もち》の歌だ。万葉集の編纂に関与し、当時モテモテだった人物らしい。その彼がひとりの女性に軽い気持ちで声をかけたが、熱が冷めてしまい詠んだ歌だ。

『どうせ添い遂げることはできないのに、どうして逢いはじめたのだろう、初めから黙っていればよかった』

シャープペンシルを走らせ、答えを書いていく。背景さえ知らなければこの恋の歌は悲恋を後悔しているようにも思えただろう。現実を知るのは残酷である。けれど僕はこの歌が好きだった。

歌だけを見れば、叶わない恋と知りながら想ってしまったことを後悔するがそれでも戻れないような、そんな切ない気持ちにさせられるからだ。読んでいる小説でもそういった舞台装置の意味合いで使われていた。

自身の解釈を書きなさいという欄に、実際の意味合いは違うかもしれないが、自分にとっては悲恋の歌に思えるとだけ書いた。これで無難に点数は貰えるだろう。この教師はいい解釈があると匿名で次の授業の時に発表する。正直発表なんてしてほしくないので、これ以上深く掘り下げるのはやめておく。

早々にテスト用紙を裏返し、欠伸を噛み殺した。一度伸びをしてふと視線を廊下側に向ければ、彼女の後ろ姿が目に入った。まだ首を傾げたまま問題用紙を見つめ続けていた。そういえば古文はまったくわからないと言っていたことを思い出すが、それにしたってずっと首を傾げている。

「変なやつ」

頬杖をつきながらその後ろ姿を眺めていた時、不意に言葉が唇から漏れ出した。自分の口角が上がり、目尻が下がったのがわかった。瞬間、僕は現実に引き戻される。今、どうして笑ったのだろう。慌てて口元を手で隠し、視線を落とす。

机の上に影がかかり顔を上げる。すると、教壇の前にいた教師がいつの間にかこちらを見下ろしていて、頬が引きつった。軽く微笑んでみたが下手な笑みだったのだろう。裏返したテスト用紙を一瞥した教師は、周りを見ないと小声で注意したのち僕の横を通り過ぎた。机に突っ伏し、両手を組んで目は開けたままその中に顔を入れた。

出会ってから一週間ほどが経ったが、僕の生活の中に、彼女はいとも簡単に溶け込んだ。絶対に気が合わないと思っていたけれど、まるで最初から四人でいたかのような気がする。言いあう時も、最初こそ本気で嫌に思っていたが今では相手も冗談半分で返してきていることがわかるから何とも思わない。

何だか不思議な気分だ。今まで会ったことのないタイプの人間。きっと同じクラスにいなければ、交わることのなかった存在。住んでいる場所も、見ている世界も違う。あの雨の日に会わなければきっと、興味を持つことすらなかった。話すこともなかっただろう。

息を吐いて目を閉じる。みんなの文字を書く音が耳について眠れなかった。

「あー、やーっと終わった!!」

小テストだらけの一日を終えた放課後、教室に残ったままの僕らは伸びをした。机に腰かける雨宮が、何がわからなかったか話しはじめ、自分の席に座った上好がそれを馬鹿にしている。彼女は上好の前の席に座り、先日僕があげたであろうお菓子を食べながらふたりの話を聞いていた。僕はというと、自分の席でイヤホンを片耳だけつけ、音楽を聴いている。

「古文、まじで一個もわからなかった」

「わかるー、私も駄目だった。海砂ちゃんは？」

「私も全然わからなかった」

「本当にわかんなかったんだ。この前の発言、嘘だと思ってた」

「嘘じゃないよ、本当に何言ってるかわからなかった」

チョコのついた棒状のお菓子を咥えながら何度も瞬きをし、大きな目を輝かせている。たぶんあのお菓子がおいしかったのだろう。食べる？　とみんなに袋を傾けて差し出してきた。ふたりは一本ずつそれを取ったが、僕は三本ほど一気に引き抜いた。

瞬間、彼女の眉間にしわが寄ったが、どうもとひと言発し、何事もなかったように席に戻る。

　パキッと小気味のいい音が鳴り、お菓子が折れた。頰杖をつきながらひたすら口の中に入れていたら、彼女がもう少し食べるかと聞いてくる。それに対し首を横に振ると上好が、何か優しすぎないと言い出した。

「何が」

「海砂ちゃん、機島に優しすぎない？　こんなやつに餌づけする必要ないよ」

「でもこれ貰ったから」

「貰った？」

　ふたりの視線がこちらを向く。僕はこの前の、と口にした。

「ゲームセンターで取ったお菓子？」

「そう」

「俺たち貰ってないけど」

「あげてないけど」

「何でだよー欲しかった!!」

「いや全然忘れてた」

「ずーるーいー」

肩を揺らしてくる雨宮を無視し、別の音楽を再生する。上好はこちらを見ながらふーんと笑っていた。

「何」

「何でもー」

「何だその顔」

何かを企んでいるような表情の上好に、もう一度何と聞いても答えが返ってくることはなかった。左耳から流れる流行りの音楽は叶わぬ恋を歌っている。好きな人と結ばれない歌はどの時代でも存在する。鼻歌交じりにリズムを取っていると、先に帰ったはずのクラスメイトが教室の中に入ってきた。

「お、いたいた雨宮」

「どうした？」

「物理の教師が呼んでたぞ」

「え？　何で？」

「点数やばかったって言ってた」

「嘘……」

ショックで立ち尽くす雨宮の身体を軽く叩き、諦めろと言っていると上好が立ち上がり、行くよと彼の腕を引っ張った。

「連れてくから先帰ってていいよ」

「待つよ？」

「いいよ大丈夫、こいつがこうやって呼び出されるのは今に始まったことじゃない」

ね、とこちらを見て同意を求めてきたので頷く。たしかに、彼が呼び出されるのはよくあることだ。その度に上好が引っ張って連れていく。何度見たかわからない光景だが、彼女は驚いたらしく、あれは大丈夫なのかといった目線でこちらを見てきた。

僕は問題ないと言わんばかりの表情でふたりに手を振った。

行きたくないと駄々をこねていた雨宮だったが、背中を叩かれ引きずられるように教室を出ていった。その様子を見送っていれば、流れていた音楽がもう一度再生された。

「いつものことなの？」

「雨宮のテストが〇点なこと？　かなり高頻度で」

「〇点!?」

「でも小テストの時くらいだから。期末テストとかは、赤点でもギリギリ〇点は回避してる」

彼の名誉のために、いつも〇点ではないことを伝えたが、それでも彼女は信じられないといった様子だった。僕たちも最初こそ信じられなかったが、何度も繰り返される内に慣れてしまった。慣れとは怖いものだ。

ひたすらお菓子を口に運び頬を膨らませていく姿は、まるでリスのような小動物に思えた。椅子を揺らしながら黙ってそちらを見つめていると、彼女が指をさしてくる。指さす先は左耳のイヤホンだ。

「何聴いてるの」

「彗星ロックってバンドのやつ」

「何それ?」

「最近有名だけど」

ポケットからもうひとつのイヤホンを取り出し彼女に渡す。イヤホンを持ち、それをまじまじと見ている彼女に、右耳を指さした。彼女がイヤホンをつけたのを確認してから僕は再び音楽を流す。テレビCMでもよく流れている有名な歌だ。

「聞いたことない?」

「ない。初めて聞いた」

上好の席に座った彼女は僕の持つ端末を覗く。曲名とジャケット画像が映し出された画面に興味津々の彼女は右耳に手を当てて目を閉じた。開いた窓から風が吹き、彼女の髪がふわりと浮き上がる。彼女とふたりの時、いつも風が吹くように感じた。

流行りのラブソングが流れ、机の上には彼女が食べていたお菓子の箱が置かれている。イヤホンをつけていない方の耳から部活動をしている生徒の声が聞こえた。サビパートが流れはじめ、報われない恋に対し想いを爆発させていく。夕暮れに差しかかった教室にたったふたり。妙に意識してしまうのはこの空間のせいだろう。

「いい曲」

微笑んだ彼女はリズムを取る。唇は弧を描き、人差し指で机の端を叩く。瞼は閉じられたままだから、視線が合うことはない。僕は彼女を見続けた。薄く色づいた唇が動き何かを口ずさむたび、僕の視線はそちらに向く。流れる音楽なんて頭に入ってこない。

ふと、彼女の瞼が開き、長いまつ毛が上がった。僕を捉えて離さない瞳に思わず唾を飲む。

「何？」

「……別に」

机の上に置かれたお菓子に勝手に手を伸ばし照れ隠しに口に含む。彼女はそれおいしいと口を開いた。表情は心なしか柔らかかった。

「食べたことないのかよ」

「ない。食べやすいし手も汚れないしおいしいし、いいこと尽くし」

「……毎回思うけど、どんな生活してきたらそうなるわけ」

「そうなるって？」

「知らないことだらけだろ、単純に触れる機会がなかったっていうのもあるかもしれないけど、それにしたってまるで見てきた世界が違うような」

「……鋭いね」

「は？」

「こっちの話」

耳元から、恋がまだ色褪せないと聞こえた。彼女はそうだね、と考える素振りを見せた後、お菓子を再び口に入れる。

「知らないことばっかりだよ。見たことのない世界だし、触れたことのないものばかり」

「それって親が厳しかったとかそういうの？」

「それもあるけど、知ろうとしてこなかったっていうのが大きいかも」

食べかけのお菓子を指揮棒のようにくるくる回す姿は等身大の女子高生だというのにどこか遠くにいるように思えた。

「必要ないから知ろうとしなかった。過去も、今が続いていくなら知る必要はないと思ったし、思い返すこともないと思ってた」

だから古文は苦手と眉を下げて笑う姿に、ひとり納得する。

「どうりで」

「歴史とかさ、今を生きているなら教養程度しか知らなくていいと思ってたの。さっきの小テストだって、訳すことはできたけどそれがどんな想いで書かれたのかとか、この歌に対する感想とかまったく思いつかなかった」

「でも書いたんだろ？」

「ううん、書かなかった」

　何でもないといった調子で彼女は言う。

「まじ？」

「まじ。だって何も思わなかったから」

「人の心はあるか」

「あるよ。なかったらこの曲いいなって思わないでしょ」

「たしかに」

　自分とはまったく違う考え方を持っているというのに、同じ場所で同じように息をしている。同じ音楽を聴いて、同じものを食べ、時間を共有している。それが不思議で堪らなかった。

「でもそれじゃあ駄目なんだって今気づいたところ」

「今かよ」

「だって知らないのはもったいないと思ったの。この曲は素敵だし、このお菓子はおいしい。和歌だって知ればこの曲みたいにいいなって思うかもしれないし、クレーンゲームだってそう。上手になれるかもしれない」

「クレーンゲームは別に上手になる必要なくないか」

「あるよ、この先必要になるかは別として取れなくて悔しかったのは事実だから」

「そう」

子供の頃、知らないことを知る度に感動した。世界がひとつ広くなった気がして、実際はそんなこともないのに無敵になれる気がして。たぶん、彼女は今それを味わっているのだろう。どんな生活を送ってきたのかは知らないが、僕には想像もつかない世界にいたことは確かだった。

「得意なことってある?」

「唐突だな」

「何でもそつなくこなしてるイメージが強いから」

「そうでもないよ、普通に苦手なことだってある」

「たとえば?」

少し考えた後、僕は人さし指を立て、ひとつ目と口を開く。

「前も言ったけど、数学が得意じゃない」

「私は得意」

「だろうな。ふたつ目は……、辛いものが得意じゃない」

「甘党だから？」

「そこ関係ある？」

「あ、甘いの反対は苦いか」

「苦いのも好きじゃない」

子供舌だと笑われようが、辛い食べ物と苦い食べ物は得意じゃない。前者は一年生の時、友人ふたりと激辛ラーメンを食べたせいでより嫌いになった。気管に唐辛子パウダーがついた時の痛さは思い出したくもない。涙と鼻水でむせ返ったのだから。後者は子供の頃からの好みだ。ブラックコーヒーなんてもっての外だ。渋いお茶も好きじゃない。抹茶味のお菓子は本格的なものでなければ口にできるけれど。

「辛いものは、私も得意じゃない。苦いものは、ものによるかな。コーヒーは好き」

「ああ、この前コーヒーフロート飲んでたもんな」

「そっちはクリームソーダだったけど」

「いいだろクリームソーダ」

「誰も駄目って言ってないじゃない」

他は？　と両肘を机につけて頬をのせる姿は楽しそうだ。

「今日は噛みついてこないんだな」

「そもそもいつもそっちが馬鹿にしてくるからでしょ。普段から怒ってるみたいな感じで言うのやめてくれない？」

「……左様ですか」

まるで僕が悪いみたいな言い方だが、この件に関しては彼女にも非がある。そもそもすべての言いあいは、片方だけが悪いということはないと思うが、それを言うとまた面倒なことになりそうなので憎まれ口は控えておく。

「得意なこととか好きなことは？」

「何でそんな聞いてくんの」

「知る前に嫌うんじゃなくて、知ってから嫌おうと思って」

前言撤回、確実に彼女だけが悪い。

「まあ半分冗談だけど」

「半分かよ」

「でも知らないのは確かだから。他のふたりは聞く前に教えてくれるけど、そうじゃないでしょ」

「わざわざ言う必要あるか？　そういうのって時間を共有していく間に知るものだろ」

「……でも私は先に知っていたい派」

「あ、そうですか」

　得意なことや好きなこと、再び考えていれば音楽が終わり次の曲に移る。同じバンドの曲だが、彼女は嬉しそうに首を左右に揺らしていた。

「甘いものは好き」

「それは知ってる」

「あと、このバンドは結構好き」

「私も好きになった」

「あとは、本読むのも割と好き」

「私も本読む」

「何読んでるの？」

「あー……ミステリーとか？」

「何で疑問形？」

「知らないと思うから」

「マイナーってこと？」

「マイナーってわけじゃないんだけど、うーんそうだね」

「何だそれ」

また風が吹いて彼女が髪を押さえる。窓を閉めるか聞くも、このままがいいと言われ、上げようとした腰を戻した。

「得意なのは……ああ、小論文とか結構得意」

「そうなの？」

「この前、学年一位取った」

「すごい、私文章書くの苦手だから」

「簡単だろ」

「全然。まず書きはじめからわからない。作文も苦手」

適当に書けばいいと言うも、それはできる人間の言葉だと言い返されてしまう。

「じゃあ小説とか書けそうね」

「まさか。それとこれは別物だろ」

「意外とできるんじゃない？　私にはできそうもないけど」

「何について書くんだよ」

「うーん……好きなお菓子の話とか？」

「一瞬で終わるだろそれ」

思わず噴き出すと彼女の驚いた顔が視界に入った。何だよと口にしたが、嬉しそうに何でもないと言われ、それ以上は聞けなかった。

春の風が僕らの間に吹き、わずかに花の匂いを運んでくる。再び瞼を閉じ、音楽に耳を傾けはじめた彼女に僕は、そっちはと問いかけた。

「得意なこととか、好きなこと」

「得意なこと……あ、料理とか？」

　彼女は目を閉じたまま返事をしてきた。

「え、できんの？」

「失礼じゃない？」

「やる機会少なそうだから」

「たしかに少ないけど好き。包丁使ってる時とか、すごいすっきりする」

「それストレス解消だろ……」

　こう、と切る真似をしている。それは明らかに料理が好きというより、包丁を使ってストレス解消をしているといったポーズだった。

「あとは何だろう、運動も結構得意かな」

「それも意外」

「さっきから失礼じゃない？」

「そういう風には見えないから」

「本当に……、走ったりするの好きだよ」

申し訳ないが彼女が運動をしているイメージがなかった。

「ランニングってこと？」

「そう。夜に近所を走り回るの」

「夜は危ないからやめとけ」

「でも私、結構速いから追いつけないと思う」

「そういう問題か？」

夜にランニングをするのは、まあいい。けれどひとりでというのは危険ではないだろうか。いくらこの国が平和だからといって、犯罪がないわけではない。

「でもこっち来てからはやってないかな」

「その方がいい」

「他は……、星とか見るのも好きよ。綺麗だし」

「星こそ神話とか背景があるだろ」

「うん。でもただ綺麗だから見てるって感じ。だからあれ何ていう星？　って聞かれたらたぶん答えられない」

「ちょいちょい意味わかんないんだよな」

「それくらいかな」

空になったお菓子の箱が風で飛んだ。反射的に拾おうとしたら同じように彼女の手が伸びてきた。指先が触れ、彼女が小さく声を漏らした瞬間、互いに手を引っ込めた。箱は音を立てて床に転がる。僕たちはそれを見ることもせず、お互いをただ見つめていた。数秒ほど経っただろうか、彼女の頬がわずかに赤みを帯び、視線が逸れる。箱を拾い、僕の横を通り過ぎてゴミ箱に向かった。すれ違いざま、また花の匂いがした。

　僕は急激に自分の顔に熱が集まってくるような気がして、急いで立ち上がると椅子が大きく揺れ、音を立てた。その音に驚いた彼女の肩が跳ねたが、それすらも気にできるような状態ではなかった。

「あいつらのところ行く？」

「あ……そうね。鞄持っていってあげなきゃ」

　慌ててふたりの鞄を取ろうとした彼女よりも先に手を伸ばし、ふたつとも肩にかける。持つと言われたが、大丈夫だとひと言返し、教室を後にしようとした。

「あ」

「……何」

　扉に手をかけた時、声を上げた彼女の方を振り返るも顔を見る余裕などなく視線は床に向いた。すると袖を引かれ、手、と聞こえる。手の平を開けばそこにイヤホンが置かれた。顔を上げると彼女はこちらを見ずに視線を斜め下に向けている。頬はまだ赤いような気がした。

「……ありがと」

「……どういたしまして」

イヤホンを握りしめ、廊下に出る。後ろをついてくる足音を聞きながら、自分の耳につけていたイヤホンを外し、ポケットに入れた。

「……また聴く？」

何を思ったのか、僕は彼女にそう尋ねた。すると足音が止まり、僕は再び振り返る。彼女は何度もパチパチと瞬きをして大きな目を動かしている。そして、柔らかに微笑んだ。

僕はきっと、この笑みを生涯忘れないだろう。そう思うくらいに、彼女は綺麗だった。

「うん」

それだけ。たったそれだけだった。僕は再び前を向き、歩きはじめる。会話はそこで終わった。

けれど頬は熱く、心なしか心臓の鼓動が速い。世界は少しだけ眩しくて後ろから足音が聞こえる度に、気持ちが弾むように思えた。

夕暮れが廊下に差しかかり、鳥の鳴き声が聞こえる。いつもと大差ない景色が、なぜか今日だけ美しく見えた。

その理由がわからないほど僕は子供でもなく、その答えを出せるほど僕は大人でもなかった。僅かに芽生えた感情を受け入れられる日は、たぶんきっと、そう遠くない気がした。

青い春　時代遅れと言われ忘れ去られる流行りの音楽は、まるで自分のように思えた。

新学期が始まり、二週間が経過した頃、世界を支配していた薄桃色は一瞬で消え去り、新緑が木の隙間から顔を出しはじめた。

快晴の中、体育館の壁に背を預け視線の先にある窓の外を流れる雲を目で追う。ホイッスルが鳴り、足にボールが断続的に跳ねる振動が伝わった。視線を戻せば同じクラスの女子の試合が終わったようだ。

「バスケットボール!!」

「突然耳元で大声出すな」

「俺、体育の授業でバスケが一番好き。なぜなら、バスケ部だから！」

「知ってるか？　それ今日三十回以上言ってるんだよ」

「いやー早く行こうぜ」

「聞く耳持てよ。ていうか俺たちの番この次の次だから。早すぎだから」

立ち上がった雨宮が羽織っていたジャージを脱ぎ、ウォームアップを始める。その様子を見て胡坐をかきながら頬杖をついた。まったく元気なことである。

　午後一番の授業は体育だった。バスケットボール部の雨宮とちがい、僕は特別得意でもなかった。彼は朝から楽しみすぎて、何十回もバスケが好きと言い続けている。同じ場所で同じことをしていても、チームは男女別のため、上好と合内はいない。僕はこの一時間彼のハイテンションに付き合わなければいけなかった。正確に言うと、このバスケットボールの授業期間が終わる、来月末までだ。げっそりした顔でコートを見ていると、試合前の女子ふたりがこちらを指さし、笑っていた。代わってくれと口だけ動かしても上好には伝わらなかったが、彼女には伝わったのだろう。首を横に振った後、両手の平を合わせた。合掌するな。

「お、ふたりの番だ」

　興味津々で僕の隣に再びしゃがみ込んだ雨宮に、そうだなとひと言だけ返しコートを見る。正確にはふたりを。

　上好の運動神経がいいのは周知の事実である。部活動に所属していないのにもかかわらず、よく応援として運動部の助っ人に出ていたりする。

　しかし、彼女はどうだろう。いつもは下ろしている長い髪が今日だけ上げられていた。白い体操服が動く度、髪が尻尾のようになびき男子生徒たちは皆、彼女に釘付けだった。

「何で怒ってんの？」

「は？　何が？」

「いや今機島、めっちゃ眉間にしわ寄ってたぞ」

「嘘だ」

「本当」

手を当てても眉間にしわが寄っているようには感じられない。

「やっぱり合内って可愛くね？」

「まじでやばいよな」

背後から聞こえた声に思わず鋭い視線を向ける。すると雨宮は納得したように声を出した後、突然肩に手をのせてくる。

「何だよ」

「大丈夫だぞ機島、お前が一番だ」

「は？　だから何だって……」

聞き返す前にホイッスルの音が響く。

視線をコートに戻せばジャンプボールをする位置に彼女が立っていた。彼女は高く跳びボールを上好に飛ばす。驚いたのも束の間、それを受け取り、上好は一瞬でゴールに入れた。

「うわ」

思わず漏れ出した声に、隣の友人は信じられないといった様子で僕の身体を揺らす。やめてくれ、僕も正直信じられない。だってまさか、彼女があんなにも跳ぶとは思わないだろう。

その後の試合は一方的だった。ふたりは息ぴったりで合内のパスに上好がどんどんシュートを決めていく。楽しそうに笑いながらハイタッチをしている姿を見て、ついこの前運動が得意と言っていたのは本当だったのだとようやく受け入れられた。そんな風には見えなかったけれど。

試合終了の合図が鳴り響き、圧倒的なスコア差で試合が終わる。汗を軽く拭きながらふたりは楽しそうにこちらへ向かってきた。

「見た？　すごくなかった？」

「見た、すごかった、俺の次に」

「あんたができるのは知ってる。でもまさか海砂ちゃんがあんなに動けるとは思わなかった!!」

「私もすごい楽しかった!!」

興奮した様子で駆け寄ってきた彼女のこめかみにひと筋の汗が伝い、頭上から差し込んだ陽の光に反射してキラキラと輝いているように見えた。思わず口を開きその汗に手を伸ばそうとしたその時、彼女の背後から自分たちの名前が呼ばれ我に返った。

伸ばしかけた手を握りしめポケットに入れて立ち上がり、何も言わず彼女の横を通り抜けた。

「おっしゃーやるぞ!!」

肩を組んできた雨宮にうなずくと、その様子を見たふたりが背後から僕たちに頑張ってと声をかける。ポケットに入れていた手を出しそちらを見ずにひらひらと振ったが、格好つけてると上好の声が聞こえて少しだけ冷静になった。

ホイッスルが鳴り、試合が始まる。数分動けば先ほどまで考えていたことは頭の中から消えた。

「いやー楽しかった!!」

帰り道、四人で歩くのも慣れてきた。前を行く女子ふたりに、左隣の雨宮は頭の後ろで手を組み、ご機嫌な様子だった。

「テストの出来はさんざんだったのに?」

「言うな、頼む言わないでくれ」

僕の問いかけに頭を抱える彼を一瞥し、イヤホンを手に取る。耳につける前に彼女の声が聞こえ、僕の手は止まった。

「私もできなかったから一緒」

なぜか誇らしげな表情の彼女に雨宮が返事をする。

「それ意外だったよな」

今日バスケットボールでさんざん動き回った後は古文の授業だった。疲労で寝落ちする生徒が多い中、先日のテストの結果が戻ってきた瞬間だけは皆、悲鳴を上げた。もちろん僕は満点だったから問題なかったのだが、彼女と雨宮は苦笑して顔を見合わせていた。

今も視線の先で解答用紙を見せあい、頭を抱えた雨宮と、彼女は首を傾げて笑い続けている。ふたりは互いを指さしながら楽しそうにしていて、僕は遠巻きにそれを見ていた。すると彼女がこちらに気づき、ふたりして解答用紙を見せつけてきた。

そこには大きく、〇点が書かれていた。

「でも訳は書けたって言ってなかった？」

「全然間違ってた」

清々しいほどの笑顔で答えた彼女が、先日訳はできたと話していたのは記憶に新しい。どうやらできたと思っていただけだったようだ。

「何て訳したんだよ」

「私の命はたくさんあります。忘れる時もあるけれど」

「何それ、何のやつ？」

「わかんない間違えたから」

「授業で解説してただろ」

「聞いてたんだけどわかんなかった」

まったくもって意味不明な訳を口にされたため、本来の歌が何かもわからなかった。

彼女は問題用紙を出そうとしていたが、駅が目前なのに気づき、鞄を閉めた。

「ねぇ、この後どっか行かない？」

「お、いいね」

「どこ行く？」

上好の言葉にふたりが同意する。

「今日無理、バイト」

「あー残念」

「バイト？」

誘いを断った僕を不思議そうに彼女が見つめた。

「機島、カフェでアルバイトしてるんだよ」

「カフェで……」

「お嬢にはアルバイトなんて言葉聞き慣れないでしょうが」

「何その喋り方、また馬鹿にして」

「俺は行けないから三人でどうぞ」

海角駅から徒歩三分のところにあるカフェでアルバイトを始めたのは、ちょうど去年の今頃だった。高校に入り、とくにやりたい部活動もなく何をするか迷っていた時、兄の友人が経営しているカフェの人手が足りず手伝いを頼まれたことが始まりだった。

「おしゃれカフェだぞ、おしゃれカフェ」

「コーヒーとケーキが有名！　おいしいよー海砂ちゃんも食べた方がいい」

「店主が格好いいよな！」

「あと機島目当てで来るお客さんも結構いるよね」

彼女を挟んで話しはじめるふたりに、いったいどうしてここまで息が合うのかとツッコミたくなった。

「そうでもないだろ」

「あるある、この前行った時もお姉さんに連絡先渡されてたでしょ」

肘で僕をつついてきた上好はどこか楽しそうだ。

「……モテるんだ」

「何だよその顔」

驚いた顔でこちらを見て信じられないと口にする彼女に、心外だとだけ言い、改札を通る。反対ホームに向かうはずのふたりはなぜか足を止めていた。

「機島、今日何時まで？」

「七時。……ちょっと待て」

嫌な予感がして頰が引きつる。上好と雨宮は満面の笑みで顔を見合わせ、彼女の肩を叩いた。

「あー、ケーキ食べたいなあ」

「俺もそんな気分だなあ」

「上好はともかく、雨宮あの店でケーキ食べたことあった？」

僕は呆れながら口を開く。お願いだから、ここで止まってほしいという思いを込めて。

「ない!! 俺いつもパスタ!!」

じゃあと歩きはじめたふたりはいつもとは違うホームへ向かう。そう、こちら側へ。

「いや、本気？」

「えーだって海砂ちゃんも行きたいよね？」

大袈裟な声で彼女に問いかけているが、本人はまだ話の行く先が何もわかっていない様子だった。

「ほら行きたいって」

「言ってないだろ」

「機島くん、わたしは行きたい～」

「雨宮は一番来なくていい」

やけに高い声を出しすり寄ってくる雨宮を一蹴し、僕は階段を下りはじめる。すると少し遅れて三人分の足音が聞こえた。

「いいな」

ふと、いつの間にか隣に並んでいた彼女が呟く。

「何が？」

「アルバイト。したことないから」

「しないでお金手に入るなら、それに越したことはないと思うけど」

「でも楽しそう。楽しい？」

「楽しい……。たぶん」

「たぶんなの？」

彼女は不思議そうにこちらを見つめる。

「何でも楽しいだけじゃ無理だろ、働くのは大変だし」

「そうなんだ」

最後の一段を下りると電車が来る合図が鳴り響く。

「いやあ楽しみだねえ」

「新学期始まってからまだ行ってなかったもんな」

「……何時までいるご予定で？」

「そりゃあ機島が上がるまで」

「……左様ですか。いいけど混んでたら帰れよ」

　こうなったら絶対に止まらないふたりは、呆れる僕を置いてひと足先に乗車した。彼女もクスクスと笑いながら後に続く。僕はそれを横目に見ながら電車に乗った。

　たった二週間で当たり前になってしまった光景だった。


「はい、これお友達のテーブルに」

「わかりました」

　落ち着いたベージュの壁紙が貼られた店内、天井には星形の間接照明が吊るされている。四人がけのテーブル席がふたつ、ふたりがけの席が五つあるこぢんまりとした空間は、いつも人で溢れている。

　しかし、今日に限って客足が少なかった。

　壁は店主が学生時代に旅をした海外の写真で溢れている。ショーケースには十種類ほどのケーキが並び、コーヒーメーカーで豆を挽く音が流れるジャズに溶け込んでいく。知る人ぞ知る名店であるここでアルバイトをするのは心地よかった。

トレイの上にはトマトソースのパスタにショートケーキ、ザッハトルテにホットコーヒーとホットティー、そしてジンジャーエールがのっている。

それを片手で持ち上げれば、今から向かおうとしていた席からわざとらしい歓声が上がった。

「うるさい」

「お客さんにうるさいって言うのやめろよー」

「だから来てほしくないんだよ」

トレイの上のものを丁寧にひとりひとりの前に置いていく。すると彼女はわずかに感嘆の声を上げた。すべて置き終えた後伝票を裏返しにして置き、嫌みったらしくごゆっくりと言ったが、もちろんと返されたので僕はため息をついた。いや、ついたというより漏れたが正しいだろう。

「おいしそう……」

彼女が頼んだのはザッハトルテとホットコーヒー。目を輝かせてケーキを見つめる姿はまるで子供のようだ。

「そちらは、当店名物のザッハトルテでございます。添えてあるクリームと一緒にどうぞ」

「店員さんみたい……」

「みたいじゃなくてそうなんだよ」

解けかけた黒の腰エプロンの紐を締め直しながら言い返す。ベージュ色の長袖シャツを肘まで捲り、胸ポケットに入れたボールペンの位置を整えた。視線を感じ顔を戻すと、彼女がじっとこちらを見ていた。

「……何ですか」

「素敵な制服だなと思って」

「たしかに、ここの制服お洒落だよねー。私も着たい」

「それに似合ってる」

ショートケーキをつついていた上好の手が止まった。口を大きく開け、パスタを食べようとしていた雨宮の手も止まっている。彼女はいつものごとく首を少しだけ傾げたまま僕を真っ直ぐ見ていた。

途端に心臓が大きく脈打った。

大丈夫、わかっている。彼女のことだから他意はないのだろう。大丈夫だ、理解している。ただ、今この瞬間にそんなことを言われるとは思っていなかっただけで。

顔に熱が集中していくのがわかり、僕は思わず顔を歪める。軽く一礼だけして急ぎ足で裏側に戻れば、店主がにやにやしながらこちらを見ていた。

「……何ですか？」

「初めて見る子がいるけど彼女かい？」

「違います、全然違う」

「そう？　仲良さそうだったから」

「普通ですよ」

「少なくともあのふたりとはちょっと違う感じだから」

「どこがですか」

「態度かな？」

「距離感の問題じゃなくて？」

「ははっ、まあいいや。青春だねー」

それ以上は追及せず楽しそうにキッチンに戻っていく店主に安心し、僕は壁に背を預けゆっくり息を吐いた。いったい何だというのだ。たかがひと言、似合ってると言われただけでどうしてこんなにも焦る必要があったのか。

最近、彼女と言いあうことが少なくなった。もちろん、することもあるけれど、圧倒的に回数が減った。それにほとんどそういう時はお互い冗談半分で話せるようになった。ふたりには大きな変化だと言われ、褒められたのは記憶に新しい。

距離が少しずつ近づく度に指先に熱がこもるような感覚があった。風が吹く度に香る匂いに足を止め、こめかみに伝う汗を拭おうと手を伸ばしかけた。

数週間前には僕の日常に存在しなかったはずなのに、まるで最初からいたかのように彼女が息づいている。一瞬で僕の人生に溶け込み、一瞬で色を変えた。

気づけば彼女を視線で追い、ひと言ひと言に振り回されているような感覚に陥り、まだ知らぬ表情を見る度に口角が緩む。他の誰かと話していたらそれが気になり、彼女の噂を聞けば胸がざわつく。

それを何と表すか知らないほど僕は馬鹿ではない。

「あー……」

思わず漏れ出した声に目を閉じる。気づきたくなかったのだ。最初が最悪だったから、絶対ないなんて心の中で決めつけて、その感情を無視し続けた。思えば予兆はあったというのに。絶対ないなんて言葉を口にすることなど、これまでの人生でなかった。

人生が始まってまだそれほど経っていないが、こんな気持ちにさせられるのは彼女が初めてだったのだ。

恋愛経験がゼロなわけでも、誰かと付き合ったことがないわけでもない。けれど今まで出会ってきた誰よりも、彼女は目に痛いくらい輝いて見えた。

あの花嵐が、僕に非日常を連れてきたのだ。

「機島くん、オーダーお願い」

「今、行きます」

頬を叩き、気持ちを仕切り直す。どうかしばらく話さなくて済みますようにとだけ願い、仕事に集中した。


「お疲れー」

仕事が終わり店を出れば三人が立っていた。

「どうも」

視線を逸らし歩きはじめると三人は慣れた様子で足を動かす。

「いやーおいしかった」

「まさか全員してパスタ頼むとは思わなかった」

「ついでに夕食食っちゃおうってなって」

あの後、三人はパスタを頼んだ。雨宮に関してはまさかのふた皿目だった。

「俺も腹減った」

「おいしいものでも買って帰ってくれ」

「はいはい」

街灯に照らされ、四人分の影が伸びる。このまま家に帰ろうかとも考えたが、一応三人を駅まで送った方がいいだろうと思い、目の前にある横断歩道を渡るのをやめ、三人に向き合う。

「そういえば合内の訳、全然違ったよな」

「ああ……」

さっきカフェで三人はテーブルに自分たちの解答用紙を広げていたが、彼女の解答用紙を指さしゲラゲラと笑っていた気がする。

「我が命の全《また》けむかぎり忘れめやいや日に異《け》には念《おも》ひ益すとも」

「え？」

「間違えたやつ。わかる？」

彼女が僕の顔を覗き込むようにして見上げてくる。その距離の近さに思わず視線を逸らした。

「聞こえなかった？」

「聞いてる」

それは確か、笠女郎《かさのいらつめ》という女流歌人の和歌だ。彼女の残した和歌はすべて、大伴家持への贈答歌だったと言われている。彼女は彼を酷く愛していたようだが、それは報われることのない思いだったそうだ。

「私の生命がある限り、貴方のことは忘れない。日ごとに増す想いがあったとしても
……だったはず」

「正解、すごい」

「それを何て訳したんだっけ」

「私の命はたくさんあります。忘れる時もあるけれど」

「全然違う」

思わず噴き出した僕を見て彼女の足が止まる。

「……そんな顔するんだ」

「何？」

「……ううん、何でもない」

歩きはじめた彼女の言葉に少しばかりの疑問が生まれるも、すぐに表情が戻ったのでとくに気に留めず僕も駅に向かう。

「じゃあ、また来週」

「ばいばいー」

駅に着き、手を振りながら改札へ消えていく上好と雨宮を見送った。姿が見えなくなった頃、彼女に視線を向ける。

時刻は午後七時半前、辺りは人通りが多く決して危険ではなかったが、さすがに暗くなった空を見てひとりで帰すわけにもいかなかった。

「ここからどのくらい？」

「何が？」

「家、歩いて何分？」

「五分くらいかな」

「……送ってく」

僕の提案に驚きを隠せなかったのか、彼女は大きな瞳をさらに大きくして何度も瞬きをした後、困ったように申し出を断った。

「大丈夫、すぐだし」

「父親に怒られるとか？」

「全然そうじゃない、ただ申し訳ないだけ」

「申し訳ない？」

「だってバイト終わりで疲れてるのに、送らせるとか……」

「ああ、そういうこと……」

てっきり拒否されたのかと思った僕は少しばかり安堵し、大丈夫とだけ返す。なのに彼女はまだ申し訳ないと言ってくるので、僕はわざとらしくそんなこと思えるんだと言い笑ってみる。すると彼女の眉間にしわが寄り、みるみる深くなっていった。

「人の気持ちを無下にして!!」

「無下？　いやー、難しい言葉知ってますね」

「知ってますー、いいもん。じゃあ送りなさいよほら」

「かしこまりました。お嬢様」

頰をリスのように膨らませ赤くなっている彼女が面白くて、僕はまた噴き出してしまう。何か文句を言っているがそんなものは耳に届かなかった。

最近気づいたが、彼女は思ったよりも扱いやすい。今みたいな時は純粋に送ると言うよりもこう言う方が絶対に受け入れられる。本人が気づいているかどうかはわからないが、僕にとってはそんな単純さが面白くて仕方ないのだ。

もう知らないなんて言いながら一歩先を歩く彼女の背を追った。空には星が瞬き、春の夜を明るく照らしている。視界の先に白い三日月が浮かび、温かな風に、僕の心は少しだけ浮足立った。


高級マンションが立ち並ぶ一角に公園が目に入った。マンションとマンションの間に造られたそれは、おそらくこの辺りに住む人々の憩いの場になっているのだろう。バスケットゴールが見え、ブランコが風に揺れている。鎖が金属音を鳴らし、木々がざわめいた。

「ゴールある」

「え？」

「あそこ、ほら」

フェンスの向こう側、僕の指の先を目で追った彼女が本当だと呟く。

「知らなかったのかよ」

「知らなかった。行かないから」

「毎日ここ通ってるんだろ」

「通ってるけど、わざわざ見なくない？」

「視野が狭いことで」

「……今日はやけに噛みついてくるのね」

また不機嫌な顔つきになった彼女に、僕は今日の体育の授業を思い出した。

「運動本当に得意だったんだな」

「信じてなかったでしょ」

「もちろん」

「人は見かけで判断するものじゃないって知れてよかったね」

「たしかに。それは一理ある」

前を歩く彼女の背を見ながら僕は問いかけた。

「公園でバスケットボールをしたことは？」

「ない」

「今度やる？」

「え……」

立ち止まり振り向いた彼女はやっぱり首を傾げていた。

「何、俺そんな変なこと言った？」

「そんな提案されるとは思わなかったから」

「人のことどう思ってるんだよ」

「煽り魔」

「それ誤解されるからやめろ」

僕らの隣を自転車が通り過ぎていく。乗っていた人がこちらを一瞥したせいで、本当に誤解されたような気がした。

「公園でバスケットボール、結構楽しいよ。俺は好き」

「そうなの？」

「雨宮も上好も運動好きだから、たまに三人でやるよ」

「あのふたりすごかった」

「レベルがおかしいからな」

それは自分もだろうと思ったが、わざわざ口にしなくてもいいだろう。

「今度、やりたいかな」

「ちなみに夜がおすすめ」

「どうして？」

「昼間だと子供たちがいるから、高校生の俺たちが邪魔するのは可哀想だろ」

「たしかに。悪い大人だって指さされそう」

「だから夜。このくらいの時間が一番かな」

ご覧の通りと指さすと、彼女は納得したように人がいないからと微笑んだ。

「今度言っとく」

「……ありがとう」

「……どういたしまして」

何となく、気まずくなって、先ほどまで流暢に喋っていたはずの口は閉じられた。

それから少しだけ歩き、彼女の足が立ち止まる。見上げた先にはここら辺で一番高い、高級マンションがあった。

「うわ……」

思わず声が漏れた。最上階は遥か遠く、首が痛くなる。彼女は何食わぬ顔でエントラスに向かったので、僕はじゃあと口を開いた。

「待って、家に来てほしい」

「は？」

突然何を言い出すのか。僕はエントラスの前で思わず後退りしそうになった。すると彼女は自分が言ったことの意味がわかったのか、みるみるうちに頬を真っ赤に染め、違うと声を張り上げた。

「ちが、そうじゃない!!」

「お、おっけー大丈夫、わ、わかってる」

「本当に!!　そんな意味じゃなくて!!」

「わ、わかったから落ち着けって、近所迷惑だよ」

はっとした様子で口を塞ぐ彼女が、傘とだけ呟いた。

「傘?」

「初めて会った時、貸してくれた傘。返したいから」

「……ああ」

「だから、よかったら」

下を向きながらおずおずと言ってくる彼女の誘いを断れるわけもなく、僕はわかったと口にした。傘を返してもらうだけだというのに、どうしてこんなにも緊張しなければならないのだ。この時間だ。家には親もいるだろうし、玄関先で渡されて終わりだ。そう、それだけだ。

中に入ると豪華なシャンデリアが顔を出す。ソファが置かれ、コンシェルジュがいる。中心には大きな観葉植物が植わっており、まるでホテルのロビーのようだった。一瞬にして非現実に連れてこられた感覚に陥るが、彼女が鞄から取り出したそれを見て再び驚きで声が上ずった。

「か、カード」

「カードキー。エレベーターでかざさないと自分の階に止まらないから」

「ホテルだ……」

「ホテルじゃないよ、家だよ」

エントランスを右折するとエレベーターホールに出る。いくつもある中の左から二番目のエレベーターのボタンを押し、壁際に埋め込まれた器具でカードをスキャンした。

「エレベーター来るの早……」

すぐにエレベーターが開き、慣れた様子で中に入る彼女の後を追う。エレベーター内も広く鏡張りで落ち着かなかった。

エレベーターはどんどん上がり、止まる気配を見せない。やがて耳に気圧がかかり唾を飲み込むと、画面に階数が表示されエレベーターが止まった。

「四十、五階……」

「うん」

「ちなみにこのマンション何階建て?」

「四十五階建て」

「最上階……」

タワーマンションの最上階といえばセレブの中のセレブが住む場所だ。一般庶民はとてもじゃないが住むこともできず、行く機会すらない場所。そんなところに同じクラスの女子生徒が住んでいるなど誰が思うだろう。

もちろん、彼女のセレブっぷりは今に始まったことではない。父親は社長だと言っていたしお金持ちのお嬢様なのは理解していた。金銭感覚も、生活も、僕とはまるで違う。

しかし一緒にいる時間がそれを忘れさせていたのだ。今僕は今年に入って一番びっている。圧倒的な違いに言葉を失っている。

玄関はふたつしかなく、最上階には二部屋しかないことに気づいた。反対側の扉を見つめていると彼女がそっちには人が住んでいないと口にしたので、実質最上階を占拠しているようだ。恐ろしいったらありゃしない。

再びカードキーをかざし、重厚な扉が開く。

「どうぞ」

開いた扉の先には大理石で造られた長い廊下が見え、サイドにいくつもの扉があった。玄関は広々していたが靴はひとつも置かれておらず、天井にはシャンデリア風の照明が吊るされている。

「胃が痛くなってきた」

「何で？」

「普通じゃないから」

「家が？」

「そう」

傘だけ貰って帰ると口にしたが、彼女はせっかくだから上がってと手で促す。

「いやいい。息できなさそう」

「できてるよ」

「あー家族とかいるだろ。邪魔になるし帰るよ」

さすがにこの時間は家族にも迷惑がかかるだろう。そう思い僕は首を横に振る。

「え？　いないよ」

「え？」

「え？」

なぜか疑問に疑問をぶつけてきた彼女が、さも当たり前のようにこう答えた。

「ここに住んでるの、私だけだよ」

「……はあああああ!?」

絶叫だ。もう大絶叫。近所迷惑など気にするものか。そもそも近所がいないからいないだろう。僕は大声で叫んだ。意味がわからない。ならあれか。玄関に靴がないのは単純に彼女しかいないからなのか、ローファーしか必要ないからか。

「あー……説明した方がいい？」

どうぞ、と言われるがままに靴を脱ぎ、廊下を歩きはじめた彼女を追う。突き当たりの扉を開けた先に吹き抜けの天井とキッチン、そして最低限の家具しか置かれていない部屋が目に入った。シンプルなソファに壁かけのテレビ、そしてなぜかベッドが置かれていた。あれほど部屋があるというのになぜここにベッドがあるのだ。

もうすべてが僕の感覚とは違いすぎて理解が追いつかない。ソファの前にあるガラス張りのローテーブルには、自分があげたいつかのお菓子が散らばっている。

「どうぞ」

ローテーブルにグラスが置かれ、中に入っているジュースらしきオレンジの液体が揺れた。彼女はソファの端に座ってクッションを抱き、座らないのと問う。恐る恐る腰を下ろせば身体が沈む。何だ、この異常なまでに柔らかいソファは。

「……セレブ」

「セレブって……」

「まじで何で同じ学校にいるのか理解できない」

「それは、そうだね。ちょっとした不都合？」

彼女は自分が持っていたグラスをローテーブルに置く。

「えーと、いろいろあってひとり暮らししてて」

「いろいろって……いったい何があったらこうなるんだよ」

「うーん……。詳しくは話せないんだけど、喧嘩して家出したみたいな状況？」

人差し指を立て、うんそういうこと、とひとりで納得したように頷いているが、僕はまったくもって納得していないし理解もできていない。

「お父さんと折りあいが悪くて」

「社長の？」

「そう。子供の頃から仲良くなくて」

それがなぜ高級マンション最上階ひとり暮らしにつながるのかはわからないが、もう諦めて思考を放棄し、彼女の言葉だけに耳を傾けた。

「私に継がせたいみたいでいろんなことを学ばされてきたんだけど、ついに耐えられなくなって逃げて、持ち家のひとつに住み着いてるみたいな感じかな」

「持ち家がいくつあるかは聞かないでおく」

「……別にやりたいことがあるわけじゃないんだけど、疲れちゃったんだよね。応えたくもない期待にも、決められたレールにも、何も言わない周りにも。全部疲れちゃったの」

　クッションを抱きかかえ、情けない顔で笑うその姿は近くて遠い。

　僕は彼女のことを何ひとつ知らない。同じ場所で勉強をし、同じ空間で酸素を吸い、同じ時間を共有しているというのに何ひとつ知らないのだ。彼女がそんな顔をする理由もわからない。けれどその情けない笑顔の裏側に何かを隠していることだけは理解できた。笑みを浮かべているのに表情は曇っている。僕は口を開き理由を聞こうとしたが、彼女はそれを遮るようにじっと僕を見た。首を小さく横に振り、また眉を八の字にして笑みを浮かべる。

　そんな顔をするなんて卑怯だ。僕の発そうとした声は大きな息に変わった。

「何かごめん、突然こんな話して」

「そうだな。まったくもってその通り」

「でも何でだろうね、話したくなったんだよ」

「上好たちにも話したの？」

「ううん、これが初めて」

　立ち上がった彼女はキッチンに向かう。そして慣れた様子で冷蔵庫の中身を物色しはじめた。

「よかったら何か食べていく？」

「料理するの？」

「うん。包丁使いたくなった」

「出た、物騒なストレス解消法……」

断ることもできたはずなのに、僕はそれをしなかった。キッチンに立つ彼女の背中がやけにちっぽけに見えたから。広々とした綺麗なキッチンにひとり立つ姿は、とても寂しそうだった。

「たぶん知りあいを家に呼んでみたかったのかも」

「何、突然」

「今まで父親の知りあい以外の人を家に呼んだことなんてなかったから」

ちょっとレア、そう言って微笑みながら髪をひとつにまとめる姿に、僕は何も言えなかった。

ああ、わかった。僕が彼女に抱いていた違和感の正体が。

ずっと、世間知らずのお嬢様だから何も知らず考え方も違うのだと思っていた。たしかにそれもあるだろう。けれどこの殺風景な部屋にひとりでいる彼女を見て、ようやく理解した。

おそらく、彼女はずっと孤独だった。

包丁を動かし何かを切っている姿はどこか生き生きとしている。ソファの背もたれに肘を置きながら、僕はその様子を眺めていた。

「俺もあるよ」

そして何となく呟いた。

「何が?」

「ちょっと違うけど」

「違う?」

「かけられた期待に応える術を持ち合わせてなくて息がしにくいこと」

何かを切る軽快な音が止まり、視線がこちらに向いた。

ああ、いったい今日の自分はどうしたのだ。いつもと違うことばかりだ。昼間の体育の授業から何かがおかしくなってしまっている。

当たり前だった日常が、緩やかに変わっていっていることに気づいていたけれど、今日それが確定したかのような気分だ。

だってこんなこと、今まで誰にも言わなかった。

「俺三人兄弟の末っ子で、年の離れた兄がふたりいるんだよ。そのふたりがまあ優秀で。両親が理数系の大学教授なんだけど、子供も同じ道に進んで当然って感じなんだ。その後を継ぐようにふたりとも准教授やってる」

「すごいね」

「俺も同じようになれって小さい頃から言い聞かされてたけど、到底そうはなれないって気づいた」

「どうして?」

「だって俺だけ文系なんだよ」

笑えるだろと自分をあざ笑えば彼女の眉間にしわが寄った。

子供の頃からたくさんのことを学ばされた。スポーツに始まり塾やそろばん、英会話にマナー講座だって受けさせられた。口を揃えて言われることはすべて同じ、『貴方の将来に必要になるから』だ。

別に誰も、必要だなんて言ったことすらないのに。

「でも本当は、絵画教室に通ってみたかった」

塾からの帰り道、いつも通るスーパーの角にこぢんまりとした絵画教室があった。自分が帰る時間とちょうど同じだったのだろう、母と歩いていた僕の目の前に同じ年頃の子供が楽しそうに出てきた。年老いた物腰の柔らかい男性に手を振っている子供たちは、絵の具が入った鞄を抱きかかえて走り去っていく。

教室の前にはいつも絵が飾られていて、数ヶ月に一回のペースで替えられていた。僕はそれを見るのが好きで、幼いながらに芸術の片鱗に手を伸ばしかけた。

しかし母はそれをよしとせず、伸ばしかけた手を引いて家路につく。そして必ずこう言うのだ。

『あんなもの貴方には必要ない』

　絵を描くことも、空想することも必要ない。ただいい成績を取っていい学校に行きなさい。そして将来、理数系の教授になるの。それが貴方にとっての幸せよ、何度も何度も言われ続けてきた。

　本当は絵を描いてみたかった。脳内に浮かんだ空想を何かに書き記してみたかった。楽器で音楽を奏でてみたかったし、自分の身体で何かを体現してみたかった。センスがあったかどうかは定かではないが。

　けれど刷り込まれ続けた必要ないという言葉は、たしかに僕の精神をすり減らした。言うことを聞き続けて、やりたくないことを勉強し続け、そうして臨んだ高校受験で僕は失敗した。兄たちが卒業した有名進学高に受かることができなかった。僕はもう、すべてがどうでもよくなった。

　なぜ落ちたと父に説教を食らった。母は悲しんで兄たちは自分を恥ずかしがった。けれど、そのすべてがもう、どうでもよかったのだ。時間は戻らず、すり減らした心が返ってくるわけでもない。

　最初からやりたくもないことばかりで、それでも期待に応えるために頑張ってきた。今となっては、高校受験が人生の岐路ではないとはっきりわかる。けれどあの頃の僕にとってすべてだった世界は崩れ落ちた。

親が勝手に決めた滑り止めの高校に入り、何も期待していなかった僕を待っていたのは気の合う友人たちとの日々だった。毎日くだらないことの繰り返しでも、楽しくて仕方なかった。

深夜二時に呼び出され、雨宮と上好と三人で自転車に乗り、海を見にいった日を憶えている。あの日見た朝焼けは、僕の脳裏に焼きついている。

家族に白い目で見られようが、僕にはもう関係なかった。僕と彼らは違う。まったく別の生き物だ。血がつながっていようが関係ない。人には向き不向きがある。だからどれだけ白い目で見られ、家族の汚点と思われようが知らない。

けれどすり減らした心が戻らなかったように、僕はまだ、自分の思いついた空想を口にすることが怖かった。友人たちの前ですら言った後で後悔するくらいだ。否定されるのが怖い。もちろん、自分の周りにいるのがそんな人間じゃないこともわかっている。冗談半分でからかわれることはあるものの、馬鹿にされたことなんて一度もない。ただ僕の問題だ。

僕の中にはまだ、孤独が息づいている。

ポツリ、ポツリと零した言葉を彼女は何も言わずに聞いていた。今だってそうだ、僕がどこで何をしていようが連絡など来ない。話はするが興味はないのだろう。別にそれに関して僕が何かを思うことはない。むしろ好都合でもあった。

「だから疲れちゃったっていうのはわかる」

彼女のことを何も知らないけれど、その感情だけは理解できた。疲れちゃったのだ。すべてに。少しずつ失ったものを取り戻しても、心の中にその疲れちゃったという言葉は存在し続ける。すべてを諦めてしまいたい気持ちが、息をしている。

「だからあの時、親と子は別だって言ったのね」

「あれは俺がそう思いたいだけ」

いつか彼女に言った言葉は、自分がそう信じたいがために口にしたのだ。別でいてくれないと、僕の人生は何ひとつ報われないと思った。僕は自分が選んだ道を生きたいのだ。

「でも物理は得意じゃなかった？」

「得意っていうよりましなだけ。まあ誰かさんと比べたら全然できるけどな」

「それ私のこと？」

「よくわかったな」

「もう……」

フライパンが棚から取り出され、次々と具材が入れられていく。隣に置かれた湯が沸騰している鍋の横にパスタの包装が見えた。無駄のない動きは普段から料理をしている人間の動作だ。

「何となくわかった」

「何が?」

「貴方のこと最初はすごい腹立たしかったんだけど」

「奇遇だな、俺もだよ」

「たぶん同族嫌悪だったのかも」

「同族じゃないだろ」

「同じだよ、違う場所で生きていても、同じ時間を共有していなかったとしても。似たようなことを思って生きてきたでしょ」

「そういうもの?」

「私は今、話を聞いてそう思った」

カウンターキッチンに頬杖をつき、調理している彼女を眺める。

「絵画教室には通わないの?」

「今から?」

「今からでも遅くなくない?」

「いや、今はそこまで絵を描きたいわけじゃない」

「文章とかどう?」

「それこの前も言ってた」

「昨日、雨宮くんたちが貴方の小論文を読ませてくれた」

「プライバシー〇かよ」

いったいどこから入手したというのだ。思わず顔を歪めて聞くと、彼女は先生に頼んだら見せてくれたと話す。何でも自分の小論文が壊滅的だったらしく、参考になるかもしれないからと上好が担任にお願いして入手したらしい。別にダメとは言わないからせめてひと言欲しい。

「何か、すごかった」

「すごかったってなんだよ」

「小論文なんだけど小論文じゃないっていうか。小論文の枠組みを外れた小論文みたいな」

「何だそれ」

語彙を失った彼女は唸りながら熱湯にパスタを広げていく。唸りながら言葉を探す姿がおかしくて、思わず口角が緩んだ。

「何て言えばいいのかな。まるで物語みたいだった」

その言葉に緩んだ口角が固まった。

「結論も、証明も全部しっかり順序立てられて論文になってるんだよ。でも、書き方なのかな。まるでその小論文がひとつの物語に思えた」

　私には書けないと微笑む。

「ああ、その才能があるんだって思った」

「気のせいだろ」

「ううん、先生も言ってたよ。あの子は文章に関しては飛びぬけてるって」

「おおげさな……」

「本人は否定するけどって。でも私もそう思った」

「才能があるって？」

「そう。人って何に可能性があるのかわからないものね」

　茹で上がったパスタをフライパンに移し、ソースに絡めながら炒めていく。にんにくの香りがこちらまで届いてきた。

「もし文章を書く機会があれば読ませて」

「ない」

「あるかもしれないよ、未来がどうなるかなんて誰もわからないでしょ」

「それは言えてるけど」

「そういうものだよ」

　まるで未来がどうなっているのか知っているような口振りで話す彼女は、フライパンの中身を皿に移し、完成と言ってひとり手を叩く。ソファから腰を上げそちらに向かえば、ミニトマトとチーズ、アスパラガスが入ったシンプルながらもおいしそうなパスタがあった。

僕は皿の中身と彼女を交互に見る。得意げな顔で彼女は胸を張った。

「ほら、どうなるかわからないでしょ」

「本当に料理できたんだな」

「この前話したこと、全部信じてなかったの？」

「信じてなかったわけではないけど、そんな軽々と作れるとは思わなかった」

包丁でストレス解消をしていると思ったから、てっきりもっと適当なものができあがると考えていたとは言わない方が身のためだろう。

フォークを渡され受け取ると、彼女はキッチンの横に置いてあった背の高い椅子をひとつこちらに寄こしてきた。

軽く腰かけたら同じようにもうひとつの椅子に座り両肘を立てて頬杖をつき、こちらを眺めてくる。そして意地の悪い表情を浮かべた。

「正直、料理を食べさせたかったのはある」

「何で？」

「だって絶対信じてないと思ったから」

　私はできるっていう証明をしたかったと続ける姿に変なところでプライドが高いなと笑ってしまう。たしかに完全には信じていなかった。しかしわざわざ作って証明するとは思ってもいなかった。

「いただきます」

　軽く手を合わせてフォークに麺を巻きつける。バイト終わりで何も食べていなかった僕の胃にそのパスタはみるみるうちに入っていった。シンプルな味つけながらもほんのり香るにんにくがくせになる味だった。何も言わず一心不乱に食べ続け、彼女が作ってくれた時間の半分以下で完食してしまう。それを見た彼女は、どうだと言わんばかりに腕を組み、偉そうにしていた。

「おいしゅうございました……」

「よきに計らいなさい」

「ありがとうございますお嬢様」

　まさか同級生の、しかも女子の家に行って手料理をいただくなんて考えてもみなかった。しかし彼女の様子を見る限り、やましい気持ちなどなく単純に料理の腕を証明したかったのだろう。今だって食べ終わった皿を片付けながら、鼻歌交じりで自分を天才だとほめている。

「わかりやすいやつ……」

「何か言った？」

「何でも」

上機嫌の姿を眺め、ずっとこんな時間が続けばいいのにと思った。けれど時計の針は九時過ぎをさしており、さすがにこれ以上ひとり暮らしの異性の家にいるのが申し訳なくなった僕は立ち上がる。

するると彼女も時計を見て、ああ、と声を漏らした。

「引き留めてごめん」

「いやむしろごちそうさまでした」

「傘、玄関にあるから」

言われた通り廊下に出て玄関を見ると、入ってきた時には気づかなかったが物陰にビニール傘が置いてあった。それを手にし靴に足を引っかけていたら、彼女が後ろから今度さ、と呟いた。

「今度、あの公園でバスケットボールしようよ」

「みんなで？」

「うん四人で、夜に。楽しそう」

「話しとく」

つま先を鳴らし、靴を履き終えた僕は彼女の方を向く。すると彼女は嬉しそうにこちらを見て微笑み、楽しかったと呟いた。

「みんなといると世界が広がっていく感じがするの」

馬鹿みたいって笑わないでね、と先に釘を刺された僕は呆れて笑ってしまう。まだ何も言っていない。けれど、何となく。言いたいことはわかる気がした。

「わかるよ」

「本当？」

「とくにあのふたりといるといろんなところに連れ出されるから」

行動力の塊だと笑うと、同調した彼女も口元に手を当てて笑う。

「でも、たぶん……」

そこまで言いかけた彼女の唇が固まる。怪訝に思い顔を覗くと、首を横に振って何でもないと言いかけた言葉を止めた。

「何だよ」

「何でもない」

「中途半端なところでやめるなよ」

「だから、何でもないって」

ほら、と肩を押され外に出るよう促される。都合が悪くなったらすぐこれだ。

「いつか言うから」

「いつかって何だよ」

まるで心に封じ込めている僕の気持ちのようだ。

いつかはいつかだよと彼女は頰を膨らませる。その姿がおかしくて、僕の口から笑いが零れた。

「もうおしまい!!　早く帰って!!」

「はいはい」

彼女の言ういつかとはいったいいつなのだろう。僕の蓋をした気持ちは、いつ日の目を見るだろう。たぶん僕が思っているより遅いような気がした。だってこの気持ちを伝える気など、まだないのだから。

今は、このままでいい。他愛もない会話をして、お互いを知り、時に言いあいながら馬鹿みたいなくだらない日々を過ごす時間が愛しいから。壊す理由も、変化する必要もない。

いつか、それが終わりを告げる予感がした日に。その時に初めて口にすればいい。時間なんていくらでも余っている。僕たちはまだ、十七の子供なのだから。

「じゃあ、上好たちに話しておく」

「約束」

玄関の扉を開けた際に聞こえた言葉に、頷くこともせず手を振った。扉が閉まりエレベーターに乗り込んだ僕は息を吐く。

きっとこの約束もすぐに果たされる。他愛もない日々の中、何気ない一瞬になるのだろう。

外に出れば星が輝いていた。僕はイヤホンを取り出し、彼女が好きだと言った曲を流す。ありふれた恋の歌を聴いていると数分前に別れた彼女の姿が脳裏をちらつく。

来週が、待ち遠しくなった。

世界の終わり　約束は果たされることなく、あの日、僕たちの時間は止まった。

人生で忘れられない瞬間がいくつかある。それは嬉しい思い出だけではなく、後悔や悲しみ、当たり前だった日々を変えられてしまった瞬間だ。今の僕が忘れられない瞬間は、高校受験に失敗した日と彼女に初めて会った時、そして彼女と過ごす時間で構成されている。いつか忘れてしまうとしても、今は印象深い瞬間の連続だった。

だからこれもきっと、生涯忘れない。

彼女と出会ってから明日で一ヶ月。僅かな月日で僕の日常にいついた彼女は、確実に僕の人生を変えた。一ヶ月前に求めていた非日常は彼女という形をして現れたのかと思うくらいだ。

五月某日、朝から雨が降っていた。まるで出会った時を彷彿させるような雨に顔が歪むのがわかる。確実に濡れる降り方だ。激しい風を伴うそれは、一時間後に落ち着くと天気予報で見たが、果たして当たるのか定かではない。

外に出たくないと考えるも、今の僕には学校に行きたい理由ができてしまった。だから足は外に向かう。人は単純な生き物である。

　僕の中で息をひそめている恋心は未だ誰にも伝えられないまま、気づかれないよう見つからないように蓋をされていた。彼女と距離が近づき他愛もない話を繰り返しても、まだ伝えるべきではないと脳が判断している。たしかに僕も、出会って一ヶ月で好きですなんて伝えるのはどうかと思っている。世間がどうというより、僕自身がだ。ただでさえ皮肉の応酬をするような僕が、突然告白なんてしてみろ。明らかにおかしいだろう。

　今はまだ、この気持ちに蓋をしている方が幸せなのではないかと思った。四人でいる時間は楽しいからそれを崩したくもない。もし伝えて断られたら、この関係は一瞬にして崩れ去る。ただ、それればかりを考えている。

　いつか。いつかどこかで伝えられればいい。一緒に過ごす時間の中で、伝えるタイミングなどいつでもあるはずだ。彼女の家に行った日のように、ふたりになるタイミングなんて、生きていればいくらでもあるだろう……。

　なんだかんだと理由をつけては、僕は僕が傷つきたくないだけなのかもしれなかった。勇気など、きっとずっと出ないままだろう。

　今はそれでいい、変わらないままでと思いながら玄関を出れば、さっそく顔に雨粒がかかった。

高校の最寄り駅に着いた頃には雨は静かなものに変わっていた。ただ真っ直ぐ、垂直に落ちていく雨粒たちは世界に静かな音を奏でている。季節の変わり目だからか蒸し暑かった。梅雨はまだ先と思っていたが、すでに片鱗は始まっているようだった。天気予報は当たっている。予報によると、この後は静かな雨が一日中続き、未明にやむようだ。

湿気に髪が跳ね、思わず地面を踏みしめる足が荒くなる。下を見ずに歩いていたら水溜まりを思い切り踏んでしまい、チェック柄の制服に泥水が跳ね、模様を作る。革靴の中が水に侵略され不快極まりない朝。思わず足を止めて大きなため息をついた。

前言撤回、このままサボってしまおうか。

学校に行く気が一気に失せた。授業が終わる時間まで、財布の中のお金が空になるまで自由に逃避行。雨の当たらない場所まで行くのもありかもしれない。

けれど脳裏に彼女の姿がちらつき、足は学校に向く。傘に打ちつける雨音が嫌で、耳を音楽で遮った。背負っていた鞄を濡れないよう前に持ち直しひとつ息を吐き顔を上げると、曇天の空はいくらか鮮明に見えた。

どうせサボるなら彼女の顔を見てからサボりたいと思うなんて、僕もずいぶん毒されたものだ。共に過ごした時間が積み重なり自覚させられた恋心は、僕をずいぶんと変えてしまった。ひと月前は同じ時間を過ごすことすら嫌だったというのに。

重い足取りのせいか、ホームルームの時間まであと十分を切っていた。再び大きなため息をつき、急ごうといつもの近道を通る。横断歩道を渡った時に背後から風が吹き、振り返った先、僕の視界にあの木が映った。

花を失った枝垂桜だ。枝に雨水が伝い、天然のシャワーのように音を立て落ちている。しかし、そこにいた人物が目に入った瞬間、足が地面を蹴っていた。今、渡り切った横断歩道の信号が点滅している。赤になる前、滑り込むように走り出し、鞄の中からタオルを取り出した。濡れた時に備えて鞄に入れたタオルが、まさかこんなところで役立つとは。

来た道を引き返し、視線の先にいる人物のもとに一目散に向かう。ようやく目の前に辿り着いたその時、僕は彼女の名前を呼んだ。

「合内」

思い返せば、僕がその名前を呼んだのはこれが初めてだった。

彼女は顔を上げ、僕を見て泣きそうな顔をした。白い肌は青白く、赤くなった目元が酷く目立つ。もしかしたら泣いていたのかもしれない。その頬に伝う雫が涙なのか雨なのか、熱に触れないとわからないほど濡れていた。けれど、酷く憔悴したその姿を放っておけなかった僕の口から出たのは、いつかと同じ言葉だった。

「風邪引く」

僕よりも小さな身体が濡れぬよう、頭上に傘を差しかけタオルを押しつけたが、彼女は反応しない。いつもなら返ってくるはずの言葉は何ひとつなく、明らかに様子がおかしい。彼女はこちらを見ず、ずっとうつむいていた。

まるで初めて会ったあの日のようだ。視線は交わることなく、苛立った僕は彼女の頭にタオルをかぶせる。片手で傘を、反対の手で彼女の手を掴み、屋根のある隣の軒下まで移動した。いったいいつからそこにいたのだろう、掴んだ手は冷たい。

軒下で傘をたたみ、未だぼーっとしたままの彼女を見た。口を開こうともせず、こちらから何と言えばいいのか言葉に詰まりそうだった。けれど今、僕が言える言葉はこれだけだった。

「何かあった？」

その言葉に、肩がビクッと跳ねた。何かあったのは明白なのに、それしか出てこない語彙力を呪う。

もしかしたら誰かにいじめられたのだろうか。彼女を嫌う人間を見たことはないけれど、人間関係なんていつどこで変わるかわからない。親しい人が自分の陰口を言っていることだってざらにある。もしかしたら、そんな光景を目にしてしまったのだろうか。

それかまた、親と喧嘩でもしたのだろうか。考えられるだけの可能性を脳内で挙げていくが本人が何も言わないため、どれが正解なのかも、そもそも合っているかすらわからない。

　どれだけ時間が経っただろう。腕時計が九時を指し、遠くからチャイムが聞こえる。完全に遅刻だ。けれど、彼女をこのまま放っておくわけにもいかなかった。

　合内海砂のここまで憔悴しきった姿を、いったい誰が想像できただろう。この一ヶ月一緒に過ごし、距離が縮まった感覚がしたのに、またしても突き放されたような気がした。

　そんな表情をさせる原因は何だ。どこの誰のせいだ。何もわからない僕は自分自身に苛立つ。

　動く気配のない彼女の手からタオルを奪い取り頭を拭く。水分を吸ったタオルはみるみる色を変えていった。ほんのり桜の匂いがした。彼女のお気に入りのヘアコロンの匂いだった。水の滴る彼女が妙に扇情的に思えて雑念が浮かび首を横に振ると、彼女が息を吸う音がずいぶんと鮮明に聞こえた。

「世界が」

　ようやく口を開いた彼女は再び閉じ、唇を一文字に結んだ。僕は彼女の言葉を復唱する。

「世界が？」

世界が何だ。次に続く言葉を想像する余地もない。

「明日、世界が終わるの」

長い髪を乱暴に拭いていた僕の耳に届いた言葉は、突拍子もないものだった。

「……は？」

髪を拭いていた手が頬の近くで止まった。そこに温かな雫が触れる。雨とは違う温もりを持つそれは間違いなく、彼女の瞳から零れた悲しみだった。

「どういう意味？」

聞き返しても首を横に振るだけの彼女に、僕は困り果ててしまった。とりあえず風邪を引かれても困るから、どこか室内に入ろうと提案する。けれど彼女はそこから動こうとしなかった。

「おい合内、風邪引くって」

「だって全部終わるんだもの。風邪なんてどうでもいいよ」

「全部って何が」

「文字通り、全部。世界が終わるの」

——それが僕の未来を決めたすべての始まりであり、この想いの終わりでもあった。

「ほぁ？」

は？　よりも間抜けな声が出て、つい口を手で押さえる。穴の空いた屋根から頬に雨水が落ちてきたが払うことも、拭うこともできなかった。それどころではなかったからだ。

僕は今、君が言った言葉を理解することができない。

明日世界が終わるとはどういう意味だろうか。世界が終わるような突拍子のないニュースなど、物語の中でしか見たことがない。少なくとも、今朝僕が見たニュースの中には存在しない。

泣いている理由を想像できる限り考えていたが、この発言に対する答えを持ち合わせてはいなかった。

「どういうこと？」

問いかけても彼女はただ、首を横に振るだけだ。雨か涙かわからない雫が僕の頬に飛んでくる。それを区別するのは温度だけで、冷たい雫の中、ひとつだけ熱く感じたそれは間違いなく、彼女の悲しみだった。

わけがわからず唇を噛みしめる。僕の手に彼女の涙を止める術がひとつもないことが悔しかった。この手は無力で、たったひとりの女の子を泣きやませることすらできない。世界でひとりの、大切な人の涙すら拭うことができないままでいる。

立ち尽くす僕の耳に届くのは、屋根に跳ね返る雨音、時折通る車のエンジン音、横断歩道が点滅する際に鳴る警告音、そして、君の泣き声だった。未だやまぬ泣き声の主は、断続的に小さく肩を揺らしている。どうしてそんなに悲しいのかなど、聞いてもわからないだろう。知りたいと願うけれど、これ以上踏み込むことを止められている気がした。それは他でもない、目の前で泣いている本人から感じ取れた。

　理由すら話さず、たったひと言だけ。世界が終わるなんて酷い冗談だ。

　世界が終わるなら、僕ならどうするだろう。結局こんなことを考えたところで彼女の悲しみがわかるわけでもないし、どうにかできるわけでもない。けれど昔から、あり得ないことを考えるのが得意だった僕の脳は、世界が終わるならというテーマで埋め尽くされた。

　世界が終わるなら、もう少しだけ友人と遊んでいたかった。家族に感謝を伝えるとか、それともひと言文句を言うとか。優秀な息子じゃなくてごめん、でも今が楽しいって笑ってやってもいいかもしれない。そのくらいはしてもいい。

　最後くらいどこか遠くに逃げてしまうとか。ずっと、遠く、一日で行ける限り遠くまで。でも、待てよ。世界が終わる日に飛行機など動いていないだろう。電車もバスもきっと止まる。道路は混乱した車で溢れ返っていそうだから、遠くといっても徒歩圏だ。そうすると、行動範囲は限られる。

　ヒーローのように世界が終わることを止める力があるのならどうするだろうか。命を賭しても世界を守るだろうか。きっと答えは否だ。僕はヒーローにはなれない。自分を犠牲にしてまで、この世界を守ろうとはしない。だってこの世界のためにそこまでする価値が、僕には見出せないから。ああでも、救った先に彼女との未来が残されているのなら。少しばかりは頑張るかもしれない。

世界が終わるなら。こんな日でなければいいと思った。

まず晴れた日がいい。雲ひとつない晴天で、雑音ひとつすら聞こえない世界がいい。

穏やかで、昼寝をしたら気づかない間に死んでいたような。そんな終わり方がいい。

そして、好きな女の子が泣いていない終わりがいい。たとえ今日が最後だとしても、泣いて悲しみ、不条理に声を上げるような終わり方ではなく、一瞬でも、終わることを忘れるほど幸せな時間がある日であってほしい。

僕はまだ、言っていないことばかりで、聞けていないことばかりだから。

「逃げよう」

不意に零れた言葉に、彼女は洟を啜るのをやめた。

「え？」

「明日世界が終わるなら、俺だったら世界の端まで楽しく逃げて笑っていたい」

ふと、去年の夏に雨宮と上好と一緒に見た朝焼けの海を思い出した。水平線から上がる太陽が海面に反射し、美しく輝く。あまりの眩しさに世界が終わるようにも見えた。視界が真っ白になるほど輝く風景は、あの日、間違いなく僕の心を動かした。

「世界の端ってどこ……」

鼻声の彼女がようやく普通に言葉を発した。僕は先ほど思い出した風景の話をする。

すると彼女は、海もいいねと口にした。タオルの隙間から見えた口角が、わずかにだが上がったように思えた。

「歩き続けたら辿り着くかもな」

なんて冗談を言う。けれど彼女はうん、と同意の言葉を返すだけだ。

「地球は丸いって昔の人は知らなかっただろ？」

「うん」

「だから海を進み続けていたらいつか落ちると思った」

「どこかに端があると思ったんだろうね」

「俺たちも知らなかったら同じことを考えたかもしれない」

「……たしかに」

偉人たちが地球は丸いことを証明してくれたため、僕らは海の向こう側に行っても落ちないことを知った。その代わり、ずっと回り続ける。前にいたと思った太陽がいつの間にか背後に回り、自転と公転は世界が終わるまで続く。この星がなくなるまで。

「明日世界が終わるって？」

彼女を見れば、再び悲しそうな顔で首を縦に振った。

そんな顔をさせたかったわけではないのだ。ただ、彼女の持つ不安を少しでも消したかった。

我ながら恥ずかしい言葉ばかり言っている。けれど、こう言えばいつもみたいに言い返して、笑ってくれると思った。

「俺と一緒に世界が終わらないところを見よう」

それでどう？　と眉を上げて歯を見せれば、顔を上げた彼女は驚いた表情でこちらを見た後、嬉しそうに笑った。ようやく、いつもの彼女に戻ったと思った。目元をこすりながら控えめに笑う姿が眩しい。

「よし、行くぞ」

ひとつ手を鳴らし、彼女の腕を掴んで学校とは正反対へ向かう。まるで世界にふたりきりになったかのような気分で笑いながら走り出した。

冷たいシャワーが全身に降り注ぐ。軒下に傘を忘れてきたことに気づいたが、足は止めない。とんだ逃避行、子供の茶番。それをわかっているのに面白くてたまらなくて、笑いが止まらない。声を出して笑っていると少し遅れて後ろからも楽しそうな笑い声が聞こえてくる。顔に当たる雫なんて知ったことではない。今、握った手がすべてだ。

そこからは本当に、特別なことは何も起きなかった。

まずは駅前にある人気のファストフード店で腹ごしらえをした。ずぶ濡れのまま入ったため店員に怪訝な目で見られたが頭を下げ、少々急いでハンバーガーを口に詰め込む。彼女は一生懸命口を開け、かぶりついていた。

次に向かったのは雑貨店。ずぶ濡れになった服を拭くためにタオルを買いに向かったのだった。僕は一度着替えを取りに家に帰ろうと提案したのだが、帰りたくないと言われてしまった。とりあえずタオルを数枚購入した。

外に出ればまだ雨は降っていたものの、気温は朝よりもずっと高くなっていた。それでも風邪を引く可能性は高い。僕は購入したばかりのタオルで彼女を包み込むが、結局またすぐ濡れてしまった。

本当に世界が終わるわけがない。僕らは手をつなぎ平常運転の電車に乗り込む。そして、終点まで乗り続けた。終点に辿り着けば、次の電車に乗った。そしてまた終点へ。時刻が午後三時になった頃、乗り継ぐ電車のない駅に辿り着く。

そこでまた腹ごしらえをし、歩いて一時間ほどの距離にある海へ向かった。握った小さな手を、離すことはなかった。

やがて視線の先に水平線が見える。日が暮れはじめ、雨は優しくなっていた。

曇天で濁った海に記憶の中の美しい色彩はどこにもない。しかし、それでよかった。

ここで美しかったら、彼女はたぶん、この手を離して行ってしまいそうだから。

「海だね」

「海だよ」

交わした言葉はそれだけだった。僕の手を引いて一歩ずつそちらに向かうも、波打ち際ぎりぎりにしゃがみ込んで波が行き来するのを眺めている。砂を攫い再び押し寄せる波は雨のせいで激しさを増していた。耳に届く波音は大きく、海に入ったら身体が波に攫われるだろう。

そのまま夜になるまで波を眺めていた。やがて彼女が急に立ち上がる。もういいのかと聞けば首を縦に振った。

さて、どうするか。とりあえず近場のコンビニで食料を買ったが、彼女はおにぎりをひとつしか買わなかった。

「帰りたい？」

そう聞いたが首は横に振られる。無計画にここまで来たから、いったいどうすべきか考えるも答えは出ない。ホテルに泊まろうにも、未成年なうえに制服姿では確実に親や学校に連絡が行く。

さて、どうすべきか。コンビニを出て人のいない方へとうろうろしていると、ふと視線の先に小屋が見えた。人の気配がしないそこは、長らく放置されていたのだろう。

潮風によって木材でできた壁は剝がれかけていた。近くには網や浮きなどが放置されており、おそらく漁などで使われていたと思われた。

「ここ、いけると思う？」

「……たぶん」

彼女は一歩先を歩きはじめ、僕の手は彼女に引っ張られる形で足を動かす。彼女が扉に手をかけるとそれはあっけなく開いた。中にはマットレスしかない古びたベッドがひとつ、ストーブがひとつ、非常用のランタンがひとつ、そしていくつかの釣り竿が端に寄せられていた。マットレスからは羽毛が飛び出ており、布はところどころ破けて黄ばんでいる。思わず顔をしかめれば、隣にいた彼女も同じ顔をしていた。

後ろ手で扉を閉め、鍵をかける。この鍵がしっかりと機能してくれるかはわからないが、かけないよりはましだろう。小さな窓に雨が当たり、潮風で小屋は悲鳴を上げている。

「不法侵入に不法滞在。ごめんなさい、先謝っとく」

謝る僕に、つないだ手を離した彼女はランタンを手に取り、電源をつける。それは数度点滅したのち光りはじめた。ストーブの方もつけようと考えたが、コードが切れてしまっていたため叶わなかった。マットレスではなく床に腰を下ろした彼女は、ベッドを背もたれにしている。僕も同じように隣に腰を下ろし、コンビニで買った袋を間に広げた。彼女が買ったおにぎりを目の前に出したが首を横に振られた。

「お腹空いてない」

「まあ、朝も昼も食べたからな。ハンバーガーに昼飯はうどん」

「うん。だからもういい」

「明日の朝食べたら？」

「そうする」

　買った惣菜パンの袋を開けかぶりつく僕と、ただランタンの光を見続ける彼女。

あっという間に食べ終えると無言の時間が続き、耐えられなくなった僕はポケットに入れていた端末を取り出す。画面には友人ふたりからのメッセージが入っていた。

「どこいるの？　だってさ」

「私もどこかわからない」

「ふたりしてサボりとかずるいって」

「……みんなでサボればよかった？」

「それは駄目だな。雨宮、今日出ないと期末テストできないだろうから」

「どうして？」

「今日の古文の授業、テスト対策だから」

「出なくてよかったの？」

「俺はいいや。何とかなるし」

「たしかに。得意だもんね」

「そう。得意」

ふたりに明日説明するとだけ返事をし、画面を暗くする。案の定、家族からの連絡は入っていなかった。ここで入っていても困るから、入っていないことを喜ぶべきなのかもしれない。しかし、何となくすっきりしないこの気持ちは、いつか時間が経てばなくなるだろうか。

「……古文といえば」

「何？」

「テストの時、どれを選んだの？」

「大伴家持のやつ」

「誰それ」

「言うと思った。それに歌を言っても何それって言うと思ってた」

「まだ言ってない」

「言うだろ。興味ないんだから」

「興味は……、そこまでないけど」

「ほら」

「ただ、他にどんな意味の歌があったんだろうと思って」

僕は暗くした画面を再び明るくし、検索をかける。それはこの前自分が選んで解いた歌だった。

「『なかなかに黙もあらましを何すとか相見そめけむ遂げざらまくに』」

「どういう意味？」

「『どうせ添い遂げることはできないのに、どうして逢いはじめたのだろう、初めから黙っていればよかった』」

「初めから、黙っていれば……」

「この前、合内が解いた歌は、この作者に返した和歌だよ」

「切ない恋愛だったの？」

「いや？　大伴家持がモテモテで、ちょっと手を出した女性が重たいタイプで、頼むからもう終わりにしようみたいな気持ちで贈った歌」

「最低ね……」

「俺もそう思う」

でもさ、と言葉を続けた。

「背景さえ知らなければ、悲恋を歌ったものだと思うだろ」

「私も今そう思ったしね」

「そう。だからこれに関しては知らなくてもいいんじゃないかと思ってる」

世の中には知らない方が幸せなこともある。これは正に、そのうちのひとつだろう。受け取った相手が言葉の真意に気づいたのかはわからない。何せずいぶんと過去の人間だ。会ったことのない人間の内心を想像できるほど、僕の想像力は豊かではない。

「たしかに」

「何が？」

「どうせ添い遂げられないなら、会わなければよかった」

眉尻を下げ、口角を上げているのにもかかわらず、その瞳は悲しみで溢れていた。

「初めから黙っていれば、傷つくことも恐れることもなかったかも」

「……そうか？」

「え？」

たしかに、初めから黙っていれば傷つくことも恐れることもないのかもしれない。けれど、そんなことできるはずもない。僕が彼女のことを無視できなかったように。

「だとしても、出会いからやり直せるわけじゃないだろ」

「そうかな」

「たとえばもし、過ごした時間を忘れてしまったとしても」

「もし……」

もしもの話だ。あり得ない話だが、僕が今日を、彼女と過ごした時間を忘れてしまったとしても。

「きっと身体は憶えていて記憶がなくなったとしても、もう一度同じ気持ちになると思う」

これはただの、もしもで、僕の想像。けれど僕ならきっと、そうなるだろうと思った。すべてを忘れてもう一度、彼女と初めましてをしたとしても。きっと身体は忘れられず、脳は彼女と話すよう促すだろう。言いあっては笑いあい、もう一度好きが繰り返されるだろう。

「……『私の生命がある限り、貴方のことは忘れない。日ごとに増す想いがあったとしても』」

「憶えてたんですね……」

「馬鹿にしてる？」

「もちろん。絶対忘れてるに賭けてた」

「……もう!!」

頬を膨らませた彼女を見て、ようやくいつも通りに戻った気がした。

「生きている限り忘れないなんて、素敵だね」

「日ごとに想い増してるけどな」

「忘れても、かな？」

「え？」

ひと際大きな風が吹き、小屋が軋む。ランタンの光が点滅し床に伸びた彼女の影が動く。髪が揺れて顔がこちらを向き、彼女の視線が真っ直ぐ、僕の瞳を射貫いた。長いまつ毛は上がり、大きな瞳は揺れ動く。瞳孔に映る僕の髪はぼさぼさで、情けない顔をしていた。

「忘れても、日ごとに想いは増すと思う？」

「え……、忘れても？」

「憶えてる方はきっと増すと思う。でも相手が忘れてたら、忘れたことすら、忘れてしまっていたら、想っていたことも忘れちゃうかな？」

今にも泣きそうな瞳は潤み、小さな手が僕のシャツを摑んだ。指先は震えながらも離れるなと言わんばかりに必死に摑んでいる。まるで懇願しているみたいだ。

いったい何に怯えているのか。わからないことばかりだ。彼女に近づけば近づくほど、わからなくなる。時間を共有しお互いのことを知ってもなお、何かが引っかかっている。何かを、隠されている気がした。

あの広いマンションでひとりで生きている理由も、同じ高校にいる理由も、初めて会った日にまるで空から落ちてきたようだったことも。

いつか知りたいと思っていたが、言いたくないのであれば聞かなくてもいい。きっといつか、教えてくれるだろうから。そう信じていた。

けれど、今、彼女が怯えている理由はすべてそこにつながるのではないかと思った。勝手な推測だ。でも、この推測は間違っていない気がした。

「忘れたことすら、忘れたら……」

「……わからない。その状態になったことないから。確証はない、でも……」

「でも？」

「たぶん、本当に忘れることはできないと思う」

「どうして？」

「きっと他の誰かと同じような会話をしたら、相手のことは思い出せなくても誰かとこの話をしたって思う。誰かと触れあったら、この人じゃない誰かのことを知ってると思う。誰かの熱を感じたら、他の熱が残っていたことを思い出すと思う」

もし、僕が彼女を忘れても。今日話したことを他の誰かと話す度、これが初めてではないと思うかもしれない。誰かの手を握ったら、他の小さな手を握ったことを思い出すかもしれない。誰かの熱を感じれば、その指先にこもった熱に触れたと気づくかもしれない。

「顔も名前も出てこなくなっても、過ごした時間はきっと消えない」

明日、この世界が終わったとしても。明日、彼女と会えなくなろうとも。忘れても、この身体すべてで、どこかで憶えているだろう。目で追った小さな背中、桜の匂いがする髪、僕を映した瞳、華奢な身体、熱い指先、軽快な足音でさえもきっと、どこかで思い出す。

大きな瞳から、ひと筋の涙が零れ落ちた。それがとても美しくて、手を伸ばし零れ落ちた熱を掬い上げ拭う。頬に添えた手に彼女の手が重なった。

「その言葉、ずっと心に残しててね」

これ以上は何も聞けなかった。だって彼女が、あまりにも綺麗な顔で微笑むから。

僕の手に頬を預け、微笑むから。

それが、眠る前の最後の会話だった。彼女の頭が僕の肩にのり、体重が預けられる。その頭に頬を置き、僕は彼女の手を握りしめ目を閉じた。しばらくすると寝息が聞こえはじめる。夜は、静かに更けていった。

窓から差し込む太陽の光と共に目を覚ました。右肩にあったはずの重みはいつの間にかなくなっており、小屋の中にひとり取り残された僕は急いで立ち上がる。ランタンの明かりは消え、建てつけの悪い扉の隙間から漏れ出した光に導かれるよう扉に手をかけた。

開いた先、潮風が身体に吹きつけた。目も開けられないほどの強さと瞼の裏にまで届く朝陽が僕の身体を襲う。瞼を開けられたのは数秒後のことだった。

薄く開いた瞼の先に後ろ姿が映る。

朝陽で海がきらめいていて、長い髪が広がり風に攫われている。朝焼けの中で、僕はただ、今にも消えてしまいそうな彼女の後ろ姿を見ていた。砂浜を踏みしめた足音がやけに鳴り、乾いた制服に吹きつける冷たい潮風に身体が震え、くしゃみが零れた。洟をすすった僕の視線は下を向く。そこに影ができ顔を上げた先、彼女が眉を下げ微笑んでいた。寂しそうな、傷ついた顔だった。

――僕はずっと、その理由がわからずにいる。

「風邪引いちゃうね」

「そっちは大丈夫？」

「大丈夫」

僕が尋ねたのは風邪の心配だけではないのだが。それも理解しているのだろう。彼女は髪を押さえ、もう一度僕を見た。

「ごめんね」

「え？」

「帰ろう」

そのまま何も言わず細い指で僕の手を取った。指の隙間を埋めるようにつなぎ合わせたその手は、僕よりずっと冷たい。引かれるまま荷物を手に取り、その場から離れた。時刻は午前五時、始発電車が動きはじめる時間だった。

何も口にせず、ただ電車に乗り、来た道を戻る。雨はやんだが風はまだ、強く吹いていた。やがて身体から潮風が匂わなくなった頃、二十四時間ほど前に出会った枝垂桜の木の下に来ていた。そこで立ち止まった彼女はつないだ手を離そうとした。けれど僕はそれを止めた。確信なんて何もない。ただ、手を離したらすべてが終わってしまうような気がしたのだ。

「終わらなかったよ」

離れていく指を摑み、つなぎ直す。けれど彼女は首を横に振り、微笑むだけだ。今にも泣きそうな表情で、零れ落ちる涙を堪えるように下手くそな笑みを浮かべている。その表情に、心が締めつけられた。

再び零れたくしゃみに、今度こそ彼女の手が離れた。つないでいた手を大事そうに握りしめ、胸元で抱え込む。僕の指先にはまだ、熱が残っている。

「本当に、素敵な思い出だった」

ありがとう、と彼女が口にした時、晴れ間が僕たちの間に現れ、雨上がりの街を明るく照らしていく。道路は輝き、不快な湿気はどこかに消えた。枝垂桜の隙間から木漏れ日が降り注ぎ、彼女を照らす。晴れた、と空を仰げば、彼女は再びありがとうと言った。

「今日の思い出だけで、生きていける」

「大袈裟だな」

「大袈裟じゃないよ」

不意に彼女の頬が輝いた。それが涙だと気づくのに時間はかからなかった。

わけがわからなかった。世界は終わらなかった。僕らはここにいて、同じ光を浴び酸素を吸っている。恐れていたことなど何ひとつ起きていない。

それなのになぜ君は、そんな顔をするのだ。

「きっともう思い出せないよ」

「は？　誰が？」

「機島くんが」

どういうことだと問う前に、細い指が僕の唇を塞ぐ。

「一ヶ月。長い人生の中の、たった一ヶ月。なのに機島くんは私の人生に棲みついちゃった」

まるで僕の考えていたことをそのまま口にしたような発言だった。

「どうせ添い遂げられないのなら、出会わなければよかった」

もう一度、その頬に雫が零れ落ちる。

「さようなら、私の世界」

微笑んだ君の背後に虹がかかった。そして、唇が触れた。ゆっくり離れた唇は熱を残す。え、と声を漏らした僕は反応が遅れた。すると突然吹き荒れた風に思わず目をつむる。僅か数秒、それがやんだ時、目を開けると同時に君の名前を呼んだ。

「合内……?」

目の前にいたはずの君は、いなくなっていた。

「え……」

一瞬で消えた君の名前を叫んだ。しかし返事は戻らない。

「合内!!」

叫びながら辺りを見回す。しかしその姿はどこにもなく、怖くなった僕は走り出す。向かう先は学校だった。

あんな場所で消えるわけがない、きっとひと足先に学校に向かったのだ。そう信じないとやっていられなかった。上がる息など気にも留めず、やがて見慣れた後ろ姿がふたつ見えた僕は大声で彼らの名前を呼んだ。

「雨宮!!　上好!!」

「機島?」

「あーあんた何で昨日サボったのよ!!」

僕を見るなり指をさしてこちらに向かってくるふたりはいつもと変わらない。

「ていうか何でワイシャツ、そんなしわくちゃなんだよ」

「合内見なかった？　さっきまで一緒にいたんだよ」

「合内？」

僕の言葉にふたりは顔を見合わせた。

「それ誰？」

「は……？」

「機島の知りあい？　女の子？」

「冗談やめろって、合内だよ。合内海砂」

「誰それ、雨宮知ってる？」

「知らん。中学の同級生とかじゃなくて？」

目の前で起こっていることが理解できなかった。ついさっきまで一緒にいただろう。

つい一昨日まで話していただろう。この一ヶ月、一緒にいただろう。

何でそんな冗談を言うのだ。

「新手のいじめはやめろよ、今それどころじゃないんだから」

「いや、いじめも何も俺の知りあいにそんな子いない」

「私も」

「……話にならない!!」

ふたりを無視して校舎に向かって走り出す。ずいぶんと用意周到な冗談だ。悪質すぎる。校門を抜け、下駄箱で靴を脱ぎ捨てる。上履きに履き替えることもせず階段を上り、三階の一番端、教室まで人の波を抜け、扉を開け放った。

「合内!!」

『何、うるさいんだけど……』

開け放った扉の目の前には君がいて、僕の大声に耳を塞ぐ。眉間にしわを寄せこちらを見ながらはた迷惑だと言って頬杖をつく。それを見た僕は安心して、その場にへたり込み、何だよと文句を口にする。そうしたら後ろからふたりがやってきて、ドッキリでしたただなんて楽しそうに笑う。

――それが、続くはずの日常だった。

開け放った扉の先には誰も座っていない。一番前の机には、雨宮の体操服が引っかけられている。

「は……?」

「機島ーまじでどうしたんだよ」

後ろから聞こえた声は反応しなくとも誰かがわかる。僕は一番前の机を見ながら、彼に問いかけた。

「雨宮、お前出席番号何番？」

「は？　一番だよ、今年もかよって文句言ってただろ？」

言葉が、背中から心臓を突き刺した。一本の矢に貫かれたかのような衝撃が走り、わずかに開いた唇から小さく、現実を認められない言葉が零れ出しては消えていく。

「夢でも見たの？」

上好の言葉が、やけに耳に響いた。

悪い冗談だ。本当に、酷い冗談だ。しばらくその場で固まっていた僕は、ふと君の家を思い出す。数歩後ろに下がり、僕は再び走り出した。制止の声など聞かず校舎から離れていく。駅に向かい定期券を乱暴にかざし、ちょうどいいタイミングで来た電車に乗り込んだ。

何も考えられず、ただ車内で立ち尽くした。最寄り駅までの道のりが、酷く長く感じられる。

『次は、海角駅――』

アナウンスに顔を上げ、開いた扉に身体を割り込ませるように外に出た。再び改札を抜け、君の家まで走る。焼けそうな喉も、限界が来ている肺も、軋むあばら骨も、瞬きを忘れ乾ききった瞳も、全部、全部どうでもよかった。

横目に公園のバスケットゴールが目に入る。誰もいない公園で、ネットが風に揺れていた。

「まだ」

まだ、約束を叶えていない。まだ、何も言えていない。まだ、何も知らない。

「まだ、まだ、まだ!!」

僕は何ひとつ、君に伝えていない。

ようやく辿り着いたタワーマンションのエントラス前で膝に手をつき、上がる息を整えた。何度も咳き込み、酸素を求める身体はボロボロだった。こんなにも走り続けたことは人生で一度たりともない。けれどまだ、足は止められなかった。

エントラスに入るとインターホンが目に入った。

「合内海砂!!」

インターホンを押し、君の名前を叫ぶ。最上階の一室、君しか住んでいない部屋だ。しかし、僕の耳に届いたのは見知らぬ声だった。

「どちら様ですか?」

落ち着いた女性の声だった。続けて赤ん坊の泣き声が聞こえ、女性の慌てる声が耳に届く。

「あの……たぶん、部屋間違えてますよ」

失礼しますと切られ、僕はその場に立ち尽くした。間違えるものか。つい先日、あの部屋に入った。君の手料理を食べ、お互いの話をし、約束をした場所だった。それなのになぜ、見知らぬ人間がそこにいる。

「合内海砂」

呟いた名前はどこにも届かず、空中に霧散した。

それからのことはよく憶えていない。

気づいたら家の中で突っ立っていた。電気もつけず、ただ虚空を見つめた。机の上にはいつかゲームセンターで取ったお菓子がまだ残っている。けれど残っていたお菓子はすべてビターチョコレートだった。

「違う」

あのビターチョコレートはすべて、君のもとに行った。

「違う」

ほんの数時間前まで、君は僕の目の前にいた。

「違う」

唇が、酷く冷たい。

分けあった熱はどこにもない。そこだけ風にさらされているような冷たさだ。

まるで最初からいなかったように。いないことが当たり前で、世界が君を取り残したまま回っている。

「……合内」

名前を呼んだ。昨日まで呼んだことのなかった君の名前だ。

「……合内海砂」

僕の日常を非日常に変えた人の名前だ。

「……海砂」

花嵐の日に現れて、嵐のようにすべてを連れ去った恋心を体現する名前だ。

「ふざけんなよ……」

勝手に消えて、何も言わずにいなくなって、いたことすら幻だというように。

「俺、これからどうすればいいんだよ」

その場にへたり込み、前髪を摑んだ。冷たい床が、空っぽになった心を冷やしていく。心に大きく空いた穴は、君の形をしていた。

「責任取れよ、合内……」

返事が来ることはない。想いは何ひとつ形を成すことなく、君は僕だけに見えた幽霊のように、この世界からいなくなった。

皮肉にも、君は僕に、世界の終わりを教えてくれた。

「終わったじゃないか」

君と当たり前に会える世界がなくなり、君のことを憶えている人間もどこにもいない。けれど、最後に微笑んだあの姿を、たった二十四時間の逃避行を、過ごした一ヶ月を、抱いた恋心を忘れることができなかった。

——そうして、まるで白昼夢のような恋は終わりを告げた。

二章

愛縁機縁

再会

大人というのは、どうしようもない現実を見せつけられた時、納得したふりをして呑み込むことを憶えさせられた子供のことだと思う。不条理を何度も目の前にして反抗する力をなくし、納得せざるを得ない状況が当たり前になった人の果てだと、自分は思っている。詰まるところ、本当の意味での大人はこの世界のどこにもいないのではないか。ただ、たくさん経験を積み世界を知ったから、上手に生きることを憶えただけ。

だから、この狭い部屋の片隅で積み重ねている行為が再び実を結ばなくとも、そういうものだと嘯《うそぶ》き、言葉を呑み込むしかなかった。

机に突っ伏しながら項垂れる。目の前にはパソコン、画面の中は白。何ひとつ進んでいないそれを、眺めることすら億劫だった。

電気をつけていない八畳半の部屋は、カーテンの隙間から覗く光だけで照らされている。つけっぱなしの換気扇が今にも壊れそうな音を鳴らし、隣の部屋から聞こえる物音が、ただでさえ続かない集中力をすり減らしていく。キッチンの蛇口からは水が数滴落ちていた。

古い部屋ではすべてが壊れかけていた。

不意に電話音が部屋中に鳴り響く。驚きながら顔を上げ、くせのついた髪をかき上げて画面を見た。画面に映る名前は想像通りの人物だった。

「留守電使お……」

留守番電話サービスにつなげれば、一度電話は切れる。ため息をつき再び真っ白な画面を見ていると、数分経たずに再び同じ番号からかかってきた。観念して通話に出ると電話口から大声が耳に届き、鼓膜に刺激が響き渡る。

「先生！　原稿はできたんですか⁉」

「……お疲れ様です。できてないって言ったら笑いますか」

「もうやばいんですよ‼　時間が‼　ないんです‼」

「……って言われても書けないものは書けないし」

「先生ならできます‼」

「そんな適当な……」

「デビュー作である、〝僕は今日、君に世界の終わりを教えられた〟が映画化するにあたり、続編を書くって決めたじゃないですかー‼　ふたりの恋の行方を、多くの人が待ち望んでいるんですよ‼」

「……そんなこと言われても」

二十二歳の誕生日、趣味でインターネットサイトに上げていた小説が出版社の目に留まり、書籍化された。デビュー作となったそれは、たちまち話題となり多くの人の手に渡った。

天才と言われた。売れに売れ、気をよくした僕はその道で生きていくことを決めた。未来は輝かしいものに思えた。

しかし、そこから数冊、小説を書いたが、デビュー作ほどのヒットに恵まれることはなく低迷した。現実は残酷である。売れた時に貯めた金を切り崩しながら生活する日々は、思い描いた未来とはまったく異なっていた。狭い部屋で文句を言いながら原稿と向きあう日々が続き数年経った頃、幸か不幸か、デビュー作の映画化が決まった。

これには大いに喜んだ。部屋でひとりシャンパンを一本空けてしまうほど。短いようで長かった低迷は、ようやくここで消え去るのだと酔った拍子で半泣きしたのを憶えている。けれど映画化と同時に、出版社はデビュー作の続編を求めた。

なぜなら、この物語はふたりが再び巡りあうことなく終わるからだ。

——そうして、まるで白昼夢のような恋は終わりを告げた。

これが最後の一文だ。

それでは報われないとは誰が言い出したのか。とにかく続編を書かざるを得なくなった二十六歳の四月。僕は苦悩していた。

「書けないものは書けないですって。だってあれは……」

「一ヶ月!!」

「はい？」

「あと一ヶ月あげます!!　それまでに何とか形にしてください!!」

「そんな無茶な……って切れた」

通話が終わり、真っ黒になった画面によれたスウェットを着て無精ひげの生えた情けない姿が映った。ブルーライトカット眼鏡は、画面を見ていないせいであまり効果を発揮していない。いや、見ていたことには見ていた。何も書いていない画面を。

「書けないものは書けないっつーの」

ぼやきながら天井を見る。視線を逸らせば窓の外に曇り空が見えて、もうすぐ雨が降ると長年の勘が教えてくれた。

「だってあれは」

頭はやけにすっきりしていた。

「続きなんてないんだから」

本棚の端、隠すように置かれたその物語をあまり読みたくないのはきっと、今でもまだ消化できていないからだ。大人になることは不条理を納得したふりをして呑み込むことだと言ったが、正直こればかりは、否、これだけは呑み込みたくはなかった。

だってこれは、僕の物語だったのだから。

十年前、たった一日だけの逃避行を、淡い恋心を、少しの脚色を交じえて書いた、本当の話。つまり僕の経験談——真実なのだ。登場人物も街の名も別のものに変えてあったが、それ以外はすべて真実だった。枝垂桜の木だって変わらずあの場所にあり続けている。

この物語は、一瞬にして目の前から消えた君と僕との時間を描いた。

あの日、君が消えてから十年の歳月が経った。この世界には誰ひとり君を憶えている人間はおらず、何ひとつ彼女が残したものは存在しなかった。

そう、僕の記憶だけにしか残らなかった。

今でも、あれは夢だったのではないかと思う時がある。高校二年生、思春期の子供が見た都合のいい幻想。けれどあの一ヶ月、僕は間違いなく君と過ごしていた。そう信じないと、心が死んでしまいそうだった。

あの後、僕は必死にその面影を捜した。それは友人が心配するほどに。しかしどこに行っても何をしても見つからず、心にはぽっかりと穴が空いたままだった。

忘れたくなくて、あの頃君が言っていたように物語を書きはじめた。間違いなく、僕の人生に君は存在していたのだと世界に証明してやりたかった。これを書き終えれば、答えが出るのではないだろうかと考えていた時もあった。けれど今もまだ、答えは出そうにない。

十年が経ったというのに、僕はまだ、今でも君が平然とした顔で現れるような気がするのだ。住む場所を変え、時間が経ち、僕以外の人間が憶えていなくとも。僕の世界が終わる日に、平然とした顔で現れてまた消えていきそうな気がする。

自分の書いた物語が書籍化された時、君の言った通りだと思った。けれど、それを共有できる人間はいない。

そこにあったはずなのに、煙のように、雲のように、灰のように、不鮮明に空の青に溶けていくようにいなくなった。僕ひとりが、ずっと君の幻想に囚われている。

だからこそ、続きが書けない。適当に妄想すれば書くことはできるだろう。そう、書くことだけはできる。けれどそれだけはしたくなかった。

この物語は、世界が忘れてしまった君を残すために、そして僕の記憶が真実だったと記すために書いたのだから。

続きなんて書けるわけがない。再び項垂れれば腹の虫が大きく鳴った。そういえば昨日ゼリーを食べて以来何も食べていない。

仕方なく立ち上がり冷蔵庫を開けるが、中は空っぽだった。僕は再び項垂れ、外に出る準備をする。髭を剃り着替え、財布をポケットに入れた。雨が降りそうな空を眺め、ため息をつきながらビニール傘を手に取る。そして、部屋の扉を閉めた。

『作家、合島縁《あいしまえにし》のデビュー作！　〝僕は今日、君に世界の終わりを教えられた〟待望の映画化！』

通りがかった街のショーケース、たくさんの本が飾られたそこに見知った名前があり、立ち止まる。自分の作家名が大きく書かれたポップの下に、デビュー作が積み重なっていた。ああ、こんなところに来ても締切を忘れさせてくれないなんて。

みんなが新しい作品を待っているのは理解している。けれど、まるでこの作品だけが僕の代名詞のように言われることも辛かった。他にもたくさん書いた。趣向を変え、自分の中で納得がいった作品だっていくつもある。けれど求められたのはどうしようもない僕の、どうしようもない恋心が詰まっただけの物語だった。

作家として知名度が上がれば上がるほど、悔しくて仕方なかった。今だってそうだ。ショーケースに積まれているデビュー作以外の作品はひとつも置かれていない。本屋の本棚に一冊、あるかどうか。誰にも手に取られず埃をかぶっていくだけの物語。それが、僕の生み出した渾身の力作たちだ。

まるで自分の子供が酷い目に遭わされているようだった。もっとも、僕は結婚もしていないし子供もいないから、この気持ちが果たしてそれと同じなのかはわからない。ただ、僕の価値はデビュー作にしかないと言われているようで不快だった。終わった物語の続きを書けなんて酷い話である。求められているのはデビュー作の続き、他はいらないなんて声もあったが、それなら僕が書く必要はもうないのではないか。

「どうしようもない」

呟いたのは書けない今の状況にではなく自分に対してだ。書く必要はないなんて否定して、書くことから逃げているだけにも思えた。それでも指は動かず、いつもなら落ちてくるアイデアは気配すら見せない。無というのはこれを言うのか。

残っているのは嘆きと腹立たしさだ。曇り空と同じ気分。四月の陽気はどこに行ってしまったのか。まるであの日を彷彿とさせた。

そう、君が目の前で消え、僕の世界が終わった日だ。

あの日からずっと花の色も空の色も去りゆく幸せも、すべてが目に入っているのに靄がかかり、鮮明に見えない。君がいた一ヶ月は全部輝いて見えていたのに。

手にしたはずの幸せは目の前で消えていった。あれからいろいろな人に出会ってそれなりに恋もした。一年半前まで付き合っていた彼女に振られた理由は、一緒にいても他のだれかを見ていると言われたからだった。

僕はいつも誰かの中に君の面影を見ている。十年前からずっと。無意識のうちに君を捜している。

僕だけがずっと忘れられない亡霊に取り憑《つ》かれている。あの一ヶ月がすべて自分の空想だったのではないか、あれは僕の生み出した幻だったのではないか、何十回も何百回もそれだけを問い続けている。

もう君の名前を発することはない。そもそも呼んだ回数だって片手で数えるほどだ。もう二度と呼ぶこともない。だからこそ、忘れないように君の名前を一文字、ペンネームに入れたなんて、誰にも言えない馬鹿みたいな真実だった。

「そういえばこのくらいの季節だったっけ」

時は残酷だ。人を大きく変える。僕はずいぶんと大人になり、さらにいろんな理不尽を知った。

空腹をごまかしながら駅に向かっている時、ここから十駅以上離れた母校を何となく見たくなった。何かいいインスピレーションが湧くかもしれない。湧かないことの方が多いけれど、切羽詰まった僕は今、できる限りのことをしなければならない。

片道三百八十円の短い旅。ひと駅過ぎるごとに、怪しくなる雲行きと懐かしい景色が顔を出す。卒業してから行かなかったのは、意外と思い入れが少なかったからなのかもしれない。

それでも今、高校に行くまでの道を辿り、あの枝垂桜の木の下に向かっているのは偶然のような必然なのだと思う。

時の流れの分だけ変わった風景の中、川沿いを歩く。歩道には真新しい濃い緑色のタイルが敷き詰められていた。記憶では赤褐色だったはずだが、こうやって少しずつ風景は変わっていく。伸びきっていた街路樹が大きく切られ、僕の身長と同じくらいの高さになっていた。花壇の花は種類を替え、柵は錆びて見る影もない。

そんな違いに気づく度、心に隙間風が吹く。寂しいなんて言葉では言い表せない。ただ、それらを受け入れたくなかった。

不意にポケットの中で端末が震えた。また原稿の催促だろうか。頼むから今日はもう放っておいてくれと思いながら画面を見れば、そこには別の名前が表示されていた。

「もしもし」

「あ、もしもし機島ー？　元気してる？」

「元気してない」

「あはは、だろうね。私は超元気」

「上好が元気じゃなかった日あった？」

「私もう上好じゃないんだけど」

「あー、悪い。未だに間違えるわ」

卒業してからもずっと連絡を取りあっているうちのひとり、上好、改め雨宮晴加。君を忘れてしまった人間。

「ひとりがすごい暇なんだよね」

「今月から産休だっけ」

「そうそう。まだ働けたんだけど、俊希がやめろって」

「俺、未だに雨宮の下の名前聞くと違和感ある」

「わかるー私も」

「何でだよ、嫁だろ」

思わず噴き出せば、電話越しに同じような笑い声が聞こえた。

高校卒業後、僕たちは近場の同じ大学に進学した。学部は三人バラバラだったが、それでも高校の頃のように一緒に馬鹿みたいなことをして過ごした。君の面影を追い続けた僕をふたりはずっと、何も言わず見守ってくれた。否定することもなく、ただ信じるよと口にして。

ある日、僕が君の幻に執着しているという話を他人に知られたことがある。飲み会での自分の失言のせいなのだが、そいつは僕のことを変なやつと言った。それは別によかったのだ。けれど次に、ふたりにも酷いことを言った。あの時ふたりは僕を庇ったが、僕はそれ以来君の話をするのをやめた。ふたりにも、あれはただの妄想だったと言って笑い飛ばした。

大学卒業後、一般企業に勤めたふたりは付き合いはじめた。雨宮にとっては長年の片想いがようやく叶った瞬間だったらしい。そこからとんとん拍子に結婚し、彼女のお腹には今、新しい命が宿っている。

　自分とは縁遠い幸せを手にしたふたりは眩しくて、会う度に幸せオーラ全開だった。僕はふたりのことを大切に思っているから、幸せな姿を見る度心から嬉しい思いでいっぱいになった。結婚式のスピーチで友人代表として壇上に立った時なんて、涙が零れ出してふたりも大泣きになり、最終的にはなぜか新郎新婦と僕で三人肩を組み泣きあうという始末である。

「うち遊びにこない？」

「知ってた？　俺今、原稿に追われてるの」

「でも書けないんでしょ？」

「……何で知って」

「だって外にいる音聞こえるから。機島が原稿に追われてるって言いながら外にいる時はたいてい書けない時」

「……よくおわかりで」

　すごいでしょと笑い声が聞こえ、僕は思わず苦笑する。

「子供、性別聞いたんだっけ？」

「まだ。生まれてからのお楽しみにしようかなって」

「俺、今から雨宮が泣くところ想像できる」

「めっちゃわかる。うるさそうだから分娩室入るなって言おうかな」

「可哀想すぎ、旦那だろ」

変わった景色と変わらない友情に、なぜか酷く安心した。

「まあ、時間空いたらおいでよ。いつでも待ってるから」

「うん、行く」

「本当、口調が柔らかくなりましたね」

「いつの話してんだよ」

「あ、戻った」

「もう大人ですから。じゃあ、身体には本当に気をつけて」

「ありがとう」

「何かあれば呼んで。雨宮が仕事中の時とかでも、俺なら行けるから」

「それ本当に助かる。気をつけるね」

じゃあまたと電話が切れ、僕の足が止まった。たった数分、それだけなのに気持ちが落ち着いてきた。ふたりの子供の顔を見る頃には、僕の原稿が終わっているようにと切に願う。

「それまでは死ねないわ」

笑いながら再び歩きはじめた。自分の幸せじゃなくとも喜べる。それはすばらしいことだ。

しばらく歩き、やがて視界に枝垂桜が入った。薄桃色をまとい、風で散る花弁はあの頃と変わらない。隣にあるシャッターの閉まった建物は、当時よりもずっと廃れて見えた。

不意に、肩に水滴が落ちる。それが雨だと気づくのに時間はかからなかった。遠くで雷が鳴り、この雨が激しさを増すことを知らせた。ビニール傘を開けば待っていましたと言わんばかりに雨が打ちつける。新しく塗り直された白線が目立つ横断歩道は雨を弾いており、僕は川沿いに渡った。同時に、腹の虫が再び鳴った。

「これは、帰った方がいいな」

これ以上天気が悪くなる前に帰った方がよいだろう。結局、学校には行けなかったし、アイデアも浮かばなかった。けれどあの木だけは変わっていないことが知れたのはよかった。

踵を返そうとしたその時、横断歩道の青信号が点滅した。今渡ったばかりの道を戻ろうとしたが、信号は赤になってしまう。足を止めた瞬間、一台の車がものすごいスピードで飛び出し、目の前を通り過ぎた。強い風と雨が跳ね、思わず目を閉じる。文句を言ってやりたい気持ちで再び目を開けたその時、目の前の光景に僕は目を奪われた。

「……は？」

枝垂桜の木の下に、ひとりの女子生徒が立ち尽くしている。見知った制服は母校のものだった。ただ呆然とこちらを見る女子生徒と目が合った。髪は濡れて制服のシャツは色を変えている。

足が動かなかった。手からビニール傘が抜け落ち、風と共に歩道に転がる。桜の花びらが僕らの間を嵐のように吹き荒れ、地面に落ちていった。頬に冷たい雨粒が零れ落ち、顎を伝って地面に落ちてようやく、僕の唇は言葉を紡いだ。

ずっと、言えずにいた名前を。

「……合内海砂？」

口にすれば簡単で、それでも一言一句間違えず、僕は君の名前を呼んだ。

十年前とまったく同じ状況で、まったく同じ姿で、ただ呆然と立ち尽くしている君は大きく目を見開いた。

そして。

「機島縁士くん……？」

瞬間、固まっていた身体が動いた。視界の端から、世界が再び、急速に色づいていく。雨音など聞こえないくらいその声が脳内で反響した。終わったはずの世界が再び動き出す音がした。

向こう側に、なくしたはずの恋が立っている。

青になった横断歩道を飛び出すように走り出した。濡れたアスファルトに幾度となく足を奪われそうになるも立て直し、規則正しく並んだ白線を、泥を踏んだ靴が汚していく。反対側に渡り切った時、あの日と同じように泣きそうな顔でこちらを見たまま固まっている君と再び目が合った。荒くなる呼吸を隠すこともせず、上下する肩は酸素を求めている証だ。脇腹が攣《つ》りそうになって、こんな時に運動不足と老いを実感する。

けれど、もう止まれなかった。

「機島くん」

もう一度、あの頃と何も変わらない君が僕の名前を呼んだ。

そして、再び同じことを口にしたのだ。

「明日、世界が終わるの」

――これが、僕たちの最後の再会だった。

失った日を取り戻せたならと考えたことはあるだろうか。勝手ながら、僕は誰にでもそう思った経験があると思う。なぜなら、生きていれば誰しも後悔することがある。やり直したいと思う選択が僕にもあった。言い直したい言葉、選ばなかった道、選べなかった理想、いろんな後悔が息をする世界の片隅で、僕も取り戻したい時間があった。

記憶の中、変わらない制服姿のまま君が泣いている。同じ言葉を口にして、同じ場所で泣いている。世界と僕は時間を重ねたのに、君と頭上から垂れ下がる枝垂桜の木だけはあの日と変わらない。

「合内」

もう一度、その名前を呼んだ。君の肩が震える。雨粒が耐え切れなくなった感情を表すように滑り落ち、僕の頭を濡らしていく。その冷たさが、これは現実だと教えてくれた。

「これは俺の妄想？」

伸ばした手は君の頰に触れた。あの時、なかなか触れることのできなかった頰は滑らかで冷たい。白い肌は濡れたせいで体温を失い、青白くなっている。目尻から零れる雫だけは温かかった。

「明日、世界が終わるの」

「十年前、まったく同じ場所でまったく同じことを口にした人間がいた」

こんなにも君は小さかっただろうか。こんなにも君は子供だっただろうか。

「そいつは二十四時間後、俺の前から消えた」

驚いたように顔を上げた君と目が合う。何でと小さい声で漏らす唇は信じられないと言わんばかりの表情で震えた。

「その日からそいつのことを憶えている人間はいなくなった。俺だけがずっと憶えていて、俺の作り出した妄想なのかとも思った」

頬に添えた手に細い指先が伸びてくる。その様子が妙に扇情的だった。

「けれど違った」

今、それが証明されたのだ。

「合内海砂、お前はいったい何者なんだ？」

一瞬の静けさが辺りを埋め尽くした。大きく目を見開いたまま君は動こうともしない。冷静なふりを続けているが、正直僕の方が困惑している。

自分だけが憶えている人間が再び目の前に現れた。ただの再会ならまだ違和感は少なかったのかもしれない。けれど相手はあの頃と同じ姿のままなのだ。

とにかく目の前にいる、クラスメイトだったはずの少女の正体が何ひとつわからない。目を細め相手がどう出てくるかを読もうとしたが、それは情けないくしゃみの音で遮られた。

「へっくしゅ!!」

豪快に、こちらの顔にかかるくらい思いっきり。突然くしゃみを繰り出した君は、このシリアスな場面を台無しにした。推理小説であれば犯人に正体を現せと問いかけるシーン、恋愛小説なら相手の本心を聞くシーンのようにとてつもなく大事な状況。けれどたったひとつのくしゃみによってそれはかき消された。

「……おい」

「ごめん!! ちょっと耐えられなくて、本当にかけるつもりじゃなかったの!!」

「ちょっと待て、その濡れた服の袖で拭くな！ くしゃみを広げるな!!」

「濡れてるから水分で汚れが取れるよ!!」

「取れない!! 取れないから!!」

制服の袖で顔にかかったくしゃみを拭おうとしてくる君の手を摑むも、すでに袖は顔に触れている。大丈夫と繰り返しているが絶対大丈夫じゃない。

「あーもういい!!」

両手首を摑み、頭上に上げさせたがこの構図はまずい。まるで女子高生に手を出しているようだ。慌てて手を離した僕は、行き場の失った手でびしょ濡れの髪をかき上げた。

「大人になった機島くん、色っぽいね」

「……は?」

「あ、ごめんなさい本当何でもないです、すみません」

　思わず睨みを利かせてしまった僕を見て、君は許してくださいと言い続けている。あの頃簡単に謝らなかったはずの君は、大人の睨みでこうも簡単に静かになり、その瞳からは涙が消えていた。

「で」

「はい」

「合内海砂は何者なんだ」

　彼女はひとつ息を吸い、目を閉じた。手と手を合わせ、ぎゅっと握りしめ意を決する姿を、僕はただ眺めていた。

「これから、何を言っても信じてくれる？」

「信じるも信じないも、もう何を言われても頷くしかないんだが」

「……機島くんらしいね。私としても、機島くんが憶えているのが計算外だったわけですが」

　深く息を吐き切った君が、じゃあ言うねと唇を動かした。今だって信じがたいことばかりだ。これから何を言われようと大丈夫だと言える自信はないけれど、これ以上の異常事態は起こらないと思った。

「私、未来から来たの」

　しかし、そんな僕の考えをよそに君の言葉は想像を越えていた。

「ほぉ?」

「この前もその返事したよね」

想像もしなかった答えに間抜けな声が出た。この前って十年も前の話じゃないか。

「ちょっと待って、全然意味がわからない」

「信じない?」

「信じるも何も意味がわからない」

「意味がわからないも何も、そのままだよ」

君が一方後ろに下がると風が吹き、雨粒がぶわっと宙を舞った。まるで時間が止まったような感覚に陥ったまま、その瞳を見つめ続ける。

「私が生きている未来で、明日世界が終わるの」

そう言って悲しそうに微笑んだ姿を見て、ようやく僕は十年越しに、君の言った世界の終わりを理解できたのだった。

「それで?」

数時間前に出た狭い部屋で、目の前の女の子は正座してこちらを見てくる。彼女が白いパーカーを着てタオルを首にかけているのは、びしょ濡れの彼女をどうにかするために僕が貸したからだった。

あの後仕方なく一緒に電車に乗り僕の家に来たのだが、濡れていて寒かったのでとりあえずシャワーを浴びた。空腹は衝撃発言のせいで鳴りを潜めていた。先に君を風呂場に押し込み手に取った服を渡した時、まるで高校生の時のような気持ちになってしまったのは内緒だ。

こんなことで今更照れる歳でもないだろうと自分に言い聞かせたが、まるであの日を繰り返しているようなこの状況に、わからないことばかりだった。どこから解決するべきかも、何から聞けばいいのかもわからない。ようやく君と向きあった時、机の上に置いていた時計は午後四時を示していた。

「何もわからないんだけど」

率直な感想だった。突然現れて、未来から来たと言われても信じる方がどうかしている。これまでの人生でそんなイレギュラーはなかった。いや、一度だけあったか。十年前、目の前にいる女の子が消えたことだ。

「嘘ついてるわけじゃないよ」

「いや違う、嘘だとかそういうのを言いたいんじゃない」

「じゃあ何でわからないの？」

「すべてが。ていうか何でわかってくれると思った？」

「信じるしかなくない？」

人差し指を立てクルクルと回す姿は、本気かどうかすらわからない。

「十年前、突然消えたクラスメイトが当時と同じ姿で同じ場所に戻ってきたんだよ」

「だからそれが意味わからないんだよ」

「だから未来から来たんだって、私」

頭を柔らかくしてと言いながら人の頭を摑んで揺らす君の手を払い、咳払いをする。こんなにも君は馴れ馴れしいタイプだっただろうか。

「これは現実？」

「現実だよ、生きて機島くんのこと触ってるじゃん」

「いや十年前のように俺の妄想だった説がある」

「話聞いてる？　あれは妄想でも何でもないよ」

胡坐をかいて机に肘をつき、手元にあったペンを握り、紙に現状を書いて整理していく。小説家になってからできたくせだ。何かあると必ずメモをして、脳内を整理するため現状を書いていく。君がねぇと声をかけてくるが無視だ。これが僕の妄想であればどうせすぐに消えるだろうから。

「だから、妄想じゃないって!!」

突然伸びてきた手が僕のペンを奪った。書きかけの文字が崩れ、線が伸びて文字になり損ねる。

「何すんだよ」

「話聞く気ある？」

「俺の妄想でなければ」

「だから妄想じゃないって。ちゃんといたよ」

「ちゃんといた？」

「十年前、私はちゃんと、あそこにいて君と時間を共有した」

窓の外で雷が光った。数秒後、雷鳴が轟き雨はさらに激しさを増し、窓についた雨が床に影を作る。いつもの部屋、いつもの光景、その中にいつもと違う人間がいる。それだけでこの部屋の色が変わってしまった気がした。ひとつ息を吐いてペンを机の上に戻した君は足を崩す。転がっているクッションを取り、膝と身体の間に抱え足を曲げた。長いパーカーの袖を煩わしそうにたくし上げ頬杖をつく。そして、僕を見た。

「十年前、一ヶ月だけ学校に通って最後の一日を過ごした後、未来に帰った」

「最後の一日って……」

「機島くんと小さな逃避行をした日」

君はあの日、僕とどこに行ったかを詳細に話しはじめる。初めにあの木の下で会って、世界の端に行くため逃げようと言ったこと、ファストフード店でハンバーガーを食べたこと、電車に乗り行けるところまで行ったこと、結局辿り着いたのは海だったこと、ふたりでひと晩を過ごしたこと、そしてあの木の下で別れを告げたこと。

ひとつひとつ詳細に語られる内容と、自分の記憶とを照合していく。ひとつも間違えていないようにと願いながら、ただ話が終わるのを待った。目を閉じて声に集中し、遠い日の記憶に思いを馳せる。君の言葉で記憶はより鮮明に色づいていった。

「それで、あの木の下で時間になった」

「時間になった？」

「そう、滞在時間」

「滞在時間……？」

君は頷いて、本当はと言葉を続ける。

「言っちゃ駄目なんだけど」

「駄目なら言わない方がよくない？」

「うん。でももういいや」

終わるし、と目を閉じて微笑んだ姿は決して嬉しそうなものではない。

「私が一ヶ月あの場所にいたのは、時間旅行をしてたからなの」

「時間旅行？」

聞き慣れない単語に首を傾げれば、君は時間旅行とは、と語りはじめた。

「私の父である合内慎二《しんじ》が開発した未来の旅行システムです」

僕の手元からペンとメモを奪い、時間旅行と綺麗な字で書きはじめる。

「未来の世界では過去に行けるタイムトラベルが当たり前になっているのね」

「SFじゃん」

「そう、この時代で言うところのSF小説みたいな感じ。それでいろんな人がタイムトラベルをして過去を行き来してるんだけど、数十年前、大きな問題が起きたの！」

「何？」

「過去に戻ることで、未来の結末を変える犯罪が増えたこと」

時間旅行と書かれた文字の横に、タイムトラベルと書いた君はそこから矢印を引っ張っていく。

「過去に戻り誰かが生まれないよう仕組んだり、歴史を改変したり、未来の人間が都合よく過去を変えていく事態が起きて、タイムトラベルは違法化され強く取り締まられました」

「過去を変えるってことは……」

「たとえば政治犯とか。正規の歴史であれば他の人が首相になっていたはずなのに、未来人がビジネスとして大量の情報を渡し、別の人を首相にしたりとか」

「何それ、まじかよ……」

「戦争の結末を変えたりとか」

「え、じゃあ今この世界は変わった後の世界ってこと?」

「あ、それは大丈夫。しっかり元に戻ってる」

過去を変えるのは重罪であり、未来では何よりも重い罪として問われている。変わってしまった未来を正規の歴史に戻すべく、強い圧力がかかったそうだ。

「過去を変えた未来人がいるとするでしょ」

「ああ」

「そしたらその人が過去を変えるために旅立つ前に、こっちがタイムトラベルをして……」

親指を立て首元を切る姿に、僕は思わずああ、と言葉を漏らす。なるほど、過去を変えるのは死刑に値するわけだ。

「そんな感じでタイムトラベルは違法化されたんだけど、それでも過去に戻って悪さをする人がいるわけ。だから各時代に取り締まる人たちが常駐してる」

「その人たちは普段どうしてるの」

「数ヶ月に一回のペースで未来に帰るよ。まあ、そこで時間旅行とつながるんだけど」

時間旅行と書かれた文字に矢印が引かれる。

「でも過去に戻りたい、旅行をしたいという人が増え、作られたのが時間旅行」

「タイムトラベルと何が違うわけ」

「時間旅行は最短一日、最長一ヶ月過去に滞在することが可能なの。でもこっちにいる時間と未来にいる時間の流れる速度は違う」

「つまり？」

「私がこっちの世界で過ごした一ヶ月は、未来の世界では二十四時間にしかならないってこと」

「……驚きで吐きそう」

「やめてよ」

つまり僕らが過ごした一ヶ月は、君にとっての二十四時間だったということなのか。

「タイムトラベルとの違いはいくつかあるんだけど、ひとつは、タイムトラベルは一方通行になる可能性が高いってこと」

「帰れないってことか？」

「そう。タイムトラベルはひとりでしか戻れない。なぜなら、違法になる前から過去に戻るために使うエネルギーはとてつもない量で、運べたとしてもひとりしか運べない。さらに生身の肉体でしか戻ることはできない。そして戻るためのエネルギーが残っていないことの方が多い」

「決死の片道切符ってことね」

「理解が早くて助かる。だから一般人はタイムトラベルになんて手を出さなかったわけですよ。が」

「が？」

「ここで時間旅行が現れるんです」

それでは、と君は手を叩いた。

「時間旅行とは安心安全の旅行サービス。タイムトラベルは生身の片道切符だけど、時間旅行は生身を未来に置き、専用のエネルギーが自分を象った身体で過去と行き来する。つまり生身のようだけれど、仮想の身体」

「……エネルギーで作られた仮想の身体だから、過去に置き去りにされることはないってこと？」

「……本当に理解が早いね」

「でもエネルギーで作った身体なのに触れられて、寝ることも食べることもできる？」

「旅行で一番求められることって何だと思う？」

僕は腕を組む。そもそも旅行に行くことがほとんどないので、答えは出てきそうにない。

「経験だよ」

君は人さし指を立てる。

「欲しいのはその場所に行ったっていう事実だけではなく、その場所でものに触れ、何を食べ、どんな経験をしたか。それが旅行に行く理由」

「たしかに、見るだけならいくらでもできる」

インターネットが普及した現代、端末ひとつで世界の国々を見ることは可能だ。写真でも映像でも、ネット上の地図でその場に行ったかのような体験だってできる。けれど実際にその場所の風を感じ、食事を口に入れる経験はできない。

「そのためにエネルギー体は生きている人と同じように作られてる。でもエネルギーで作った仮想の身体にも限界がある」

「限界？」

「一定の時間しかそれを保つことができない」

「それが最長一ヶ月？」

「正解。幽霊みたいにただ存在するだけならもう少し長くいられるらしいけど」

情報を整理しよう。まずタイムトラベルと時間旅行の違いだ。タイムトラベルは、

・生身の肉体でしか過去に戻れない。

・エネルギーが足りず、片道切符のことがほとんど。

・過去を変える犯罪が増えたため違法とされた。

そして時間旅行は、

・エネルギーで作った仮想の身体、肉体は未来に置いてある。
・物理的には過去に来ていないため、戻れないということがない。
・最長一ヶ月、未来の時間では二十四時間が限度である。

別のペンと紙を持ってきて箇条書きにしていく。いろいろ突っ込みたい点はあるが、話は後だ。

「そして大きな特徴がもうひとつ」

「何」

「……時間旅行は、時間が来て仮想の身体が消え去ったら、関わった周囲の人間の記憶から自分の存在が消え去る」

「……は」

手が止まった。目の前に座る君の手も同じように止まった。けれど君はすぐに気を取り直して話を続ける。

「だから安全なの。過去からいなくなった時、周囲からも自分の存在が消え去れば犯罪は起こらない。過去は変わらない。そのおかげで時間旅行は多くの人たちの娯楽になった」

「でも、俺は……」

「そう。……何で機島くんは憶えてるの？」

ずっと、世界から君が消えて孤独になった気分だった。誰ひとり君を憶えている人間はおらず、共有できる相手もいない。なぜ僕だけが。

「俺だってわからない」

「……だよね。私もわからない。こんなこと、初めてだから」

話を戻すねと言われ、僕は手を止めたまま君の話に耳を傾けた。

未来では時間旅行は今の飛行機旅行と同じようなものであること。未来の空港は国内線、国際線のほかに他の惑星への旅行や時間旅行など、機能が拡張されている。時間旅行のターミナルでは渡航先の年代別にゲートが分かれていて、中に入るとひとり ひとり別のブースに通され、リクライニングチェアに腰かけ行き先と滞在日数を選ぶ。その場で会計を済ませ、カウントダウンと共に目を閉じれば次の瞬間、過去にいること。

過去の世界で滞在する場所や金銭も事前に指定しておく。

また、自分の立場なども選べること。つまり詳細なカスタマイズが可能なのだ。年齢以外、立場も場所も関係性も、ある程度はカスタマイズできる。

そして、君は未来で父親と喧嘩をし、勝手に時間旅行に出たと言った。

「私にとっては丸一日前、機島くんにとっては十年前。お父さんと喧嘩したの」

「……仲悪いって言ってたな」

「その日は後を継げって話だった」

君はクッションを抱きかかえ、視線を落とした。

「私は継ぐ気はないって言ったの。別にやりたいこともないけど、父の仕事を継ぐ気もない。ずっと操り人形みたいに教育されてたことに苛立ってた」

「それで?」

「そのまま言ったら大激怒。私もしばらく顔も合わせたくなくて、むかつくから勝手に時間旅行でも行ってやろうと思った。何をしたらダメージになるかなと思って、お父さんのカード奪って勝手に時間旅行を始めた」

「……なんて娘だ」

まさか、あの頃そんなことが起きていたとは。父親のカードを奪い、勝手に時間旅行をするだなんて恐ろしい。

絶句する僕に、お金を使うのは父にとってそこまでダメージにならなかったと続いたセリフも恐ろしくて堪らない。君と僕の金銭感覚がまったくもって合わなかったことを今になって思い出した。

「だからタワーマンションに住んでたのか……」

「行き先なんてどこでもよかったから、適当に打ち込んで設定もちゃんとせずに時間旅行を始めたの。そしたら、あの木の下に落ちた」

「……やっぱり!!　やっぱりあの時落ちてきたんだな!!　俺は間違っていなかった!!」

十年越しの真実に僕は歓喜した。初めて会った日から、君は空から落ちてきたと本気で思っていた。それは間違いではなかったのだ。

「それで、機島くんに会った」

「衝撃だったよ」

「さすがに私も落ちるとは思わなくて、さらに来た瞬間に人に会うなんて想像もしていなかったから」

「ひとりで文句言ってたし」

「忘れて」

「無理」

この世のものとは思えないほど恐ろしく綺麗な少女が落ちてきたと思ったら、開口一番に文句を言い出したのだから。あれほどの衝撃もないだろう。

いや、君がいなくなった瞬間と、再び目の前に現れた今だって衝撃的だ。

「どうせ私のこと忘れちゃうから、好きにしようって思ってたんだけど」

「でも忘れるなって言っただろ」

「……忘れてほしくなかったから」

切なそうに眉を下げ笑う姿は、あの日いなくなる前に見た微笑みと同じだった。

「あの時も世界が終わるって言ったのは、さっきのと同じ意味？」

「……ううん、違う」

「じゃあ、どういう……」

「あの時のやつは……そうね、私の世界が終わるって意味だった」

「私の世界が終わる？」

「でも、明日世界が終わるのは違う」

一瞬だけ遠くを見た君は視線を戻し、僕の目を真っ直ぐ射貫いた。

ああ、そうだ。この目だ。どんな曇天の中でも曇ることを知らなかった瞳。真っ直ぐこちらを射貫き、大きな瞳で情けない僕の姿を映す目だ。

「どういう意味？」

「文字通り、本当に世界が終わるの」

「本当にって……」

「地球滅亡」

平然とした顔で言ってのけたその姿に、僕の口からヒュッと息を吸う音が耳に届く。

「ちょっと待て、地球滅亡って……」

「オールトの雲って憶えてる？」

「オールトの……雲……」

必死に十年前の記憶を探る。するとどこかでその言葉が引っかかった。

「物理の、教科書」

「雨宮くんが唸ってた教科書のコラムに載ってた」

そうだ、昔、みんなで勉強した時に見たコラム。かすかに頭に残っていた。

「それがどうしたの」

「さっき時間旅行のエネルギーって言ったでしょ」

「ああ」

「時間旅行のエネルギーは、オールトの雲から取ってる」

「……存在しないんじゃなかった？」

「未来ではその存在が確認されてる。機島くんがあの時言った通り、オールトの雲は彗星が降ってくるって言われている天体群。そこに存在していた莫大なエネルギーを活用して、時間旅行では仮想の身体が作られています」

地球から軌道エレベーターみたいなものをつなげて、と再び説明口調で言葉を続ける君に、僕は本当にあったのかと驚きながらも少しの喜びを抱いた。それはまるで子供の頃信じていたサンタクロースが、本当にいたとわかった時のような感覚だ。

「で、オールトの雲からエネルギーを取っていたんだけど問題が起きました」

「その問題とは？」

「エネルギーを取るために軌道を修正し続け、人が手を加えたことにより、彗星のズレた軌道を読むのが遅れた」

君は抱えていたクッションを前に出してきた。そして僕の右手を奪い握り拳にした後、それをクッションに近づけていく。

「彗星が木星の衛星であるエウロパに衝突する」

彗星に見立てられた僕の拳がエウロパに見立てられたクッションにぶつかった。そして握り拳は開かれる。クッションの先に、君の小さな握り拳があった。

「ぶつかった彗星は速度も大きさも規格外。エウロパは木星の衛星軌道から逸れた」

「……おい、まじか」

「そして、地球に向かってる」

クッションが、地球に見立てられた君の握り拳の前まで近づく。

「二十四時間後、エウロパは地球に衝突し地球は滅亡する」

握り拳が、ゆっくり床に落ちていく。再びクッションを抱え目を伏せる君に、僕は何も言えなかった。

あり得ないことばかりだ。十年前消えた女の子がまったく同じ姿で現れて、世界が終わるなんて言い出して。存在が確認できていない天体群が存在し、未来の地球は滅亡する……。

けれど、嘘を言っているとは思えなかった。もし嘘だったら、この状況すべてが嘘になる。が、君は間違いなく今、僕の目の前に存在している。それが現実だった。

「……戻って逃げることは？」

僕の言葉に君の肩が跳ねた。

「……地球から出ることはできる。未来ではいくつかの惑星が人の居住区になってるから」

「……まじでSF小説だな」

どこかのロボットアニメのようだ。宇宙にいくつも人間が住んでいる惑星があって、宇宙戦争が始まるような、子供の頃見たアニメ。

「でも……」

「でも？」

「未来が、変わったから」

「変わった？」

どういうことだと問う前に、君の指先が僕の背後をさした。その先には、デビュー作が置かれている。

「その本」

「……これがどうかした？」

「未来で私の机の上にあったの。買った憶えなんてない。時間旅行をする前は、存在すらしてなかった。見たこともない本の著者名を見て、中身に目を通した時、気づいたの」

「……何に？」

「これが、私たちの物語だってこと」

君は立ち上がり、本を手に取る。パラパラとページをめくり、中を確認しながら著者名を口にした。

「ねぇ」

僕の時間が、動き出す音がした。

「これは、機島くんの書いた物語だよね？」

泣きそうな顔でこちらを見る君を見て、同じように涙が込み上げてきた。ようやく、共有できなかった時間が、伝えられなかった想いが、点と点がつながったからなのかもしれない。唇を嚙みしめて一度、首を縦に振った。君は本を大事そうに抱きしめて、やっぱり、と頷いた。

「時間旅行から帰った時、外が騒がしかった」

帰還ゲートから出て家に帰ろうとした君を待ちかまえていたのは母の姿だった。丸一日留守にしたことを怒られると思った君は、思わず目を閉じたらしい。しかし彼女は怒ることもせず、急いでと口にした。なぜと尋ねた時、空港内の空中に浮かび上がった大型スクリーンにニュースが流れる。そこで、彗星がエウロパに当たり、まるでピンポン玉のように押し出され地球に向かっていることを知った。三十六時間後、地球にぶつかりこの惑星は終わりを迎える。

しばらくその場で立ち尽くしていると、画面が変わり父の姿が映し出された。それは父の会社がオールトの雲からエネルギーを取ったことにより軌道が変わった影響で、彗星の飛来を予測できず今回の滅亡につながったと報じていた。

そんなわけがないと思った。エネルギーを取るにあたり彗星の軌道が変わることのないように、そこは何度も確認されたことを君は知っていた。けれど世間はそれを知らない。矛先は父に向かい、父はもちろん自分たち家族も危うくなった。

パニックになる人々を懸命に避け、自宅前に押し寄せるマスコミをかき分け、急いで家の中に入った。幸いにも父が別の惑星に向かうための家族分の航空券を用意しており、十二時間後、母と共に先に地球を去るようにと電話越しに言われた。自分もすぐに追いかけるからと。慌てて荷造りをする最中、自分の部屋の机の上に見憶えのない小説が置かれているのに気づいた。

買った憶えのないそれを母に聞こうとしたが、パニック状態でそれどころではなかった。仕方なく小説を開いた時、その物語に既視感があった。

それは、数時間前に自分が過去で体験した出来事にそっくりだった。背表紙に書かれていた名前も心のどこかに引っかかった。君はすぐに、著者を検索した。

それはずいぶん昔の小説家のものだった。現存する紙媒体の本はこの物語しか存在せず、他の作品はすでに絶版になっていた。刊行された年、著者名など、わずかな情報をかき集めた時、ひとつの可能性が生まれた。

それは、僕が君を憶えていることだった。

過去を変えることは重罪である。

——しかし今なら。

時間旅行では全員、その場の人たちから旅行者の記憶は消える。だからこそ、過去にいた人物に記憶が残った場合の制度は作られていない。

もし、これが例外だとしたら。君の中に、あるアイデアが生まれた。それはもう一度時間旅行をして僕に会うことだった。どうすれば未来が変わるのかはわからない。けれど、現に今、僕の本が未来の君の部屋にあり、未来は変わった。ならば自分が戻ることによって、この結末が変わることもあり得るのではないか。

　その後、再び空港に向かったが、押し寄せる人とマスコミに囲まれ、母と離れ離れになった君はひとり、十二時間前と同じ時間旅行のブースに来ていた。そして、僕のペンネームと本名を入れた。すると機械は反応し、カウントダウンが始まった――。

「目を開けば、あの時と同じ場所で、目の前に大人になった機島くんがいた」

　ここに来るまでの話を語り終え、君は本を僕に差し出す。

「理由は私にもわからないままだし、未来を変えられるかもわからない」

　君の手が震え、本を揺らす。

「でも未来は変わった」

　僕はその本に手を伸ばした。

「書いて」

「……え？」

　強く握られた本が僕の手に渡る。

　外には、花嵐が吹いていた。

「これからの私たちの物語を、一言一句、余すことなく書いて」

未来を変えるなんて大それた力、僕にはない。ただわけもわからず終わった恋心を、消化できなかったあの頃を忘れたくなくて、証明したくて書いた物語だった。けれどそれはおそらくずっと先の――君の生きる未来まで存在し続けた。

これは酷く確率の低い賭けだ。書き終えても、この物語が未来まで存在し続けることはないかもしれない。どれだけ彗星の飛来について書いても、フィクションと思われればそれで終わりだ。

それでも、その賭けに縋ることしかできない君がいた。その賭けに乗ることしかできない僕がいた。僕は世界の存続を懸け、この物語を書き上げなければならない。

君が明日《あす》、世界の終わりを目の当たりにする前に。

「……書くよ」

手に、力がこもった。

「これから一ヶ月で、俺の本が合内海砂の未来にまで残り続けて、世界の終わりを終わらせる物語を書く」

瞳から、熱が零れた。

周回軌道

一見難しく見える物事も思ったよりも単純なことがある。絡んだ長い髪のように、解けなかったパズルのように、不可逆で解けないように思えても、コツさえ摑めばそれはいとも簡単に解けることがある。ひと筋の道が見えれば、どれだけ困難な状況であっても光は差し込む。

そう僕は信じているが、これに関してはもうどうしようもない。

机の上に突っ伏して瞬きを数回する。視線の先にはシングルベッドに寝転ぶ君の姿。人のスマートフォンを取り上げ、新聞片手に空いている手でネットサーフィンをし、僕の服を着て足をばたつかせる様子は疲れ切った頭に妙に扇情的に映った。僕のパーカーが君の着ている制服のスカートを隠している。まるで何も着ていないみたいに。

僕が高校生でなくてよかったと思う。もし同い年であれば、間違いなく欲望に負けていただろう。けれど今の僕と君の間には十歳の年齢差があり、さすがにここで手を出すほど、僕は終わっていない。

それ以上に、僕が一番困っているのは頭が回らないことだ。

三日前に再会した君は、平然とした顔でこう言い放った。

『私、何も持ってきてないの』

ポケットを裏返し、財布も連絡手段も何もないことを教えてくれた。ついでに滞在先もない。世界の滅亡を前に滑り込んだせいでまともに設定もせず、無一文のままこちらに来てしまったらしい。ただ、僕の著者名と本名、滞在期間だけ設定しそれ以外は何もできなかったという君に、僕は大きなため息をついた。

いや、もし同じ立場だったら、僕も世界の滅亡を前にまともに設定なんてできないかもしれない。

ただ問題はこの狭い八畳半のワンルームに、成人男性と女子高校生が一緒に暮らしていることだ。

ベッドはひとつ、テーブルもひとつ、小さなテレビとゲーム機器、そして本がたくさん積まれている、そんな部屋である。ちなみに築四十年。

つまり、圧倒的に距離が近いのだ。さすがに君を床に寝かせるわけにもいかなかったのでベッドを譲り、僕は床で寝る。そのせいで睡眠時間が少ない。いや、そのせいというより、君が同じ空間にいるせいで眠れないのだ。

「いくつだよ……」

「何か言った？」

たかは謎だが。

「……何でもない」

まるで学生時代に戻ったような気分だ。学生時代でも、こんなに初心な気持ちでい

——消えてしまった恋が再び目の前に現れた。

その一文をキーボードで打ち込んでいく。真っ白だった画面はこの三日で黒く埋められていった。三日、たったの三日でこの空間に馴染んでしまった君は今日もベッドの上で足をばたつかせている。

三日の間、僕の生活に変化があった。まずは冷蔵庫の中身が充実したことだ。再会した日、差し出された本を受け取った僕の腹の虫が大きく鳴った。それまでの空気は一転、君は笑いながら冷蔵庫を開ける。しかし待っていたのは空の冷蔵庫。それを見た君は呆れた顔をして買い物に行くと言い出した。もちろん、財布は僕である。

近所のスーパーで買い物をし、君の作ったあのパスタを十年ぶりに食べた。君にとってはつい最近の出来事かもしれないが、僕にとっては十年の月日が間にある。懐かしさで胸の奥が痛んだ。

以来、毎日三食、君の手料理が出てくるようになった。昨日なんて僕が眠っている間に一万円札を握りしめ、スーパーにひとりで買い物に行っていた。これには呆れた

が、料理はともかく家事全般をやってくれているため何も言えなかった。逆らわない方が身のためである。

三日間、君から本のことについては問われなかった。僕が何かを書いていても見ずに他のことをしていた。

「ねぇ」

「……何」

「これ見て」

突然目の前に現れた君がどこからか手に入れてきた新聞を押しつけてくる。

「どこ」

「ほらここ、見て」

君が指さした記事は小さなコラムだった。何の変哲もない、ありがちな雑学や日常の疑問などを載せるコーナー。

「これがどうしたって……」

「内容!!」

開いていたパソコンを閉じ、まじまじと記事を見つめる。そこには〝オールトの雲とは？〟という記事が書かれていた。

「オールトの雲……」

「オールトの雲とは、オランダの天文学者であるヤン・オールト氏が一九五〇年に長期的彗星や非周期彗星の起源として提唱したことに由来する、太陽系の外側に球殻状に取り巻く理論上の天体群である。現在、その存在を確認できていない」

覗き込み記事を読んだ君は、その後の文章を読めと僕に視線を送ってきた。

「……しかし、存在していたとしたらどうなるか……？」

「そこから彗星が飛来し、地球に落ちてくるとしたらどうなるだろうか。または何かの惑星に当たり、まるでピンポン玉のように弾き飛ばされた惑星が地球より大きく」

文字を追う君の指先を見て、僕は次の言葉を口にした。

「ぶつかることにより、地球が滅びる可能性は……？」

思わず新聞を取り上げれば、筆者はある大学の準教授。君はもしかしてと呟く。大学名に見憶えがあった。

「未来人……？」

「その可能性は高い。この事実を知ってるってことは私と同じ時代から来てることになる」

「机上の空論だっていう可能性もないか？」

「それも否定できない……でもさ、この最後の文章」

指をさした先、そこには、『しかし私はあると確信している。この意見に同意する方の来訪を心待ちにしている』と書いてある。僕らは目を合わせた。

「やっぱり未来人？」

「信じたいけど、この人大学の准教授でしょ？　しかも新聞に載るってことは結構前からここにいるんじゃないかな……」

「……合内さ、大事なこと忘れてるんじゃない？」

「何が？」

僕は立ち上がる。外は晴天、出かけるには最適な日だった。

「時間旅行者は、詳細なカスタマイズが可能なんだろ？」


自宅から二時間ほど離れたところに、その大学は存在した。正門の前でふたり、腕を組み仁王立ちをする。僕の肩には紙袋が数個提がっている。女性もののブランドの袋はここに来る前に買った君の洋服だった。さすがに僕の服で出かけるわけにもいかず、なけなしの貯金を切り崩し必要な服を揃えた。しかし、隣で仁王立ちをしたままの君はまだ僕のパーカーを着ている。聞けばそれが気に入ったらしいが、明日からはこの洋服を着てほしい。

時刻は午後三時、春の陽気で気持ちがいい。桜はすでに散り、道路の端に土にまみれて寄せられている。一瞬の命だ。たかだか一週間程度、二週間もてばいい方だろうか。それなのに一年かけ花を咲かせ、また長い冬を越して花を咲かせる。切ないことこの上ない。だからこそ、人はそこに美を感じるのだ。

一歩踏み出すのをためらっているのは僕だけではない。隣で正門から見える本校舎の時計を睨んでいる君も同じだ。もっとも、僕と君でためらう理由は少し違うだろうけれど。

僕は、ある人に会いたくない。君は、話を聞くのが少し怖い。けれどここで立ち止まっていても何も始まらない。

「行くぞ」

意を決し息を吐いてから言葉を紡ぐ。君は何も言わず首を一度縦に振り、足を踏み出して校舎の中に入った。

「いいか、俺は卒業生」

「私は大学見学に来た人」

「よし」

長い一本道には新緑の街路樹が植わっていた。木漏れ日が降り注ぎ、石造りの道を照らしている。歩いている人間はまばらで、右の端にはガラス張りのカフェテリアがあり、その中で学生たちが談笑している姿が見えた。

お洒落な広い大学である。君はきっと珍しい風景に目を奪われているのだろう、あちこち見回していて歩く速度が遅くなりはじめた。

「……目立つだろー」

「ごめん、新鮮で」

「未来には大学ないの？」

「あるよ。でもこんな感じじゃない」

そういえば、君は昔、工場の煙突に目を奪われていた。街並みひとつ取ってもそうだ。電車にほとんど乗ったことがないと言っていたことも、全部今となっては合点がいく。

あの頃は箱入りお嬢様だからなのかと思っていたが。

君の行動ひとつに僕は圧倒的な時間の差を感じる。果たして君が生きている未来と僕が生きている今は、どのくらいの時間差があるのだろう。五十年、百年などではない気がした。もっとずっと先、この景色がすべてなくなるくらい。歴史を幻のように感じるまで、気の遠くなるほどの時間が経っているのではないだろうか。

隣にいるのにどこか遠く感じた、あの頃感じていた理由を理解する。そして今も遠い。何も知らなかったあの頃よりもずっと遠い。

「江崎《えざき》創吾《そうご》、江崎創吾……」

本校舎の四階、教授の部屋が並ぶ階でコラムの名前を探す。この階には理系の研究室があるようだ。余計に僕の気分が悪くなる。

「何でそんな顔してるの？」

「……会いたくない人間がいるもので」

「会いたくない人間？」

君が首を傾げると、お目当ての人物の部屋が見つかった。すりガラス越しに様子をうかがうが、電気はついていない。ノックをしてみたが反応はなかった。

「居留守？」

「ううん、本当にいないのかも。鍵がかかってる」

ドアノブを何度もひねるが扉は開かない。

「どこにいるんだろ……」

「授業中？　そしたらしばらく帰ってこないな」

「困ったね……ばれたりしたら面倒なことに」

「縁士？」

君の言葉を遮るように背後から僕の名前を呼ぶ声が聞こえた。振り向かずとも、声の主はわかっていた。僕は思わずため息をつく。目の前の君は不思議そうな顔でこちらを見ている。首を傾げるくせは、変わらないらしい。

仕方なくそちらを振り向けばひとりの男性が立っていた。白髪交じりの髪に眼鏡をかけ、良質そうなジャケットにシャツを合わせている。脇に数冊の本を抱えこちらを見ている表情には、驚きとわずかな嫌悪が入り混じっていた。

「……どうも」

「知りあい？」

「……父親」

「お父さん!?」

驚き、大きな声を出した君は急いで自分の口を塞ぐ。会わないようにと願っていたが、残念なことに天は味方をしてくれなかったようだ。

「何の用で来たんだ？　そちらのお嬢さんは……」

「あ、私は……」

「知りあいの子。ここの江崎教授って人に憧れてこの大学に入りたいみたいで、見学したいって言われたから一緒に来た」

君を背に隠し、言葉を遮る。余計なこと言うなと視線だけ送れば理解できたようで君は小さく頷いた。

「江崎先生ならさっき下で見たよ。もうすぐ来るんじゃないか？」

「それはどうも、よかったな」

「うん」

廊下に静寂が流れた。沈黙は数十秒続く。早くどこかに行ってほしいと視線を逸らしていると、先に口を開いたのは相手だった。

「仕事はうまくいっているのか」

「……ぼちぼち」

「生活にあまり余裕がないみたいだが」

「それはあんたに関係ないだろ」

「だから定職につけと言っただろう」

ほら始まった。心配そうな顔でこちらを見る君に、呆れ笑いで視線を送り、顔を背ける。残念ながらこれはいつものことである。そう、子供の頃からずっと。

「私は、お前が才能で食べていける人間だとは思わない」

年を重ねるごとに言われる内容が少し変わっただけだ。いい高校に入りなさい、いい大学を出なさい、いい企業に勤めなさい。どうせもう手遅れなのだから少しでもましな道を選びなさい。何十回も繰り返されるそれに嫌気がさして家を出た。しばらく帰っていないので話す機会はほとんどなかったが、口を開けばこれとは笑ってしまう。

「その、才能で食べていけないと思っているやつの作品が本屋で積まれてるけどね」

「ただの大衆小説だろ」

ご名答、ただの大衆恋愛小説である。詳しく言うと、今後ろにいる少女のせいで生まれた僕の後悔の物語であるが。

「迷惑はかけてないし関係もないだろ。もういい大人だ」

「そうだな。いい大人が平日の午後、子供の面倒を見られるほど暇なんだな」

相変わらずいい性格だ。これ以上話したくなくて、さっさと行けよと口にすれば彼は険しい表情で歩きはじめる。そして僕らの横を通り過ぎた。

その時だった。

「訂正してください」

君の手が、父の腕を摑んだ。

「今の言葉、訂正してください」

真っ直ぐ父を射貫く視線と眉間に寄ったしわで、かなり怒っていることがわかる。

あの頃何度も見た、君の表情だった。

「機島くんはすごい人です。貴方が大衆小説だと言ったそれは、ただの大衆小説なんかじゃない。誰かの人生を変えるような物語です」

私は変わったと付け足す君に、僕は何も言えなかった。

「親と子供は別」

「……合内？」

「同じ人間じゃないから違って当たり前なんです。考え方も、得意なことも。それに自分の物差しで他人は測れない。私はそれを、機島くんに教えてもらいました」

十年前の記憶が、脳内で再生されはじめた。君が父親は社長だと言った時のことだ。何気ない僕の発言に君は大きく食い下がった。僕は僕自身に、家族と自分は別であると納得させたかった。けれどその言葉は同じように君に届いた。

そして十年後、再び形になった。

「立派ですよ、貴方の息子さん。私はすばらしい人間だと思っています」

そう言って父の腕を離す君は、何も言わず去る彼をずっと見続けていた。やがて角を曲がり父が見えなくなったその時、君は大きなため息をついた。

「きん、ちょうした……」

「びっくりしたわ」

「居ても立ってもいられなくて。何あの人、本当に父親？」

「残念ながら本当に父親だし、俺の家族みんなあんな感じ」

「……私の父親が大量にいるみたい」

「奇遇ー」

棒読みで声を発せば、君は頰を膨らませていた。その頰をつまむと思っていたよりも柔らかく皮膚が伸びる。抗議の声が聞こえるが僕はそのおかしな顔に笑った。

ありがとうなんて言えない。きっと今日のことも、君が消えれば父の記憶から消える。もしかしたら、僕の記憶からも消えるかもしれない。なおさらありがとうと言うべきではないのかと思うが、言えないのはたぶん僕のちょっとした反抗心からだ。あの日何も言わず消えた君に対し、何かしらの仕返しをしてやりたかった。

　そのまま君の頰を引っ張っていると見知らぬ男性が現れた。年齢は僕とあまり変わらないだろうか。カジュアルなジャケットにパンツという格好で温和な雰囲気を持つ男性は、僕たちの前で困惑している。

「えーと……、僕に何か用？」

　僕らの背後には、江崎創吾の研究室があった。

「江崎創吾さん？」

「そうだけど、君たちは？」

「俺たちは」

「新聞記事の内容が事実だったから未来から会いにきた。といっても貴方と私にとっては、ここは過去なんだけど」

　君の言葉に僕らは口を開けたまま固まってしまった。

「合内海砂、時間旅行『合内コーポレーション』の社長の娘。って言えばわかる？」

　腕を組みながら淡々と言葉を続け彼を見る君と、君を見て顎に手を当てる彼。僕はそのどちらにも視線を向けていた。やがて彼は、そうかとだけ言う。そして鍵を取り出し、僕らの後ろにあった扉の鍵穴にそれを入れ、扉を開いた。

「詳しい話は中でしよう」

僕らは顔を見合わせて頷く。そして最後に入った僕は後ろ手で内側から鍵を閉めた。

僕らの予想は当たったのだ。

「そこに座って。飲み物は何がいい？」

「おかまいなく」

「社長令嬢に何も出さないわけにはいかないよ」

室内は必要最低限の物しかなかった。いつかの君の部屋に似ている。もっとも、ここにはベッドなど生活に必要な家具は存在しない。ただ中央のローテーブルを挟み、ソファが向かい合わせでふたつ、その後ろにはパソコンののったデスクと椅子が置かれていた。小さな冷蔵庫に手をかけた彼はお茶のペットボトルを取り出し、紙コップにそれを注ぐ。ひと足先にソファに腰かけた君の隣に僕も腰を下ろせば、目の前に紙コップに入ったお茶が置かれた。

「未来人に向けたメッセージを書いた時は希望もなかったんだけど、まさか来てくれるなんて」

「あの新聞、やっぱりそういう意味だったのね」

あの記事を、オールトの雲が実在するという説を真実だと見る人間は現代にはほとんどいないだろう。ほとんどの人は、きっと見向きもしない。

「可能性はほとんど〇だった。でも、もし僕と同じ時代から来た未来人に会えたら、何かできることがあるんじゃないかと思って」

だからこそ、彼は現代に生きる人間に向けてではなく、未来人に向けてメッセージを発したのだ。

「……君はいつこっちに来たんだい？」

君に視線を向けた彼は神妙な顔つきだった。

「三日前。滞在時間は一ヶ月」

「僕は二日前。おそらく、君はギリギリ戻れる時間でこっちに来たのかな」

「そうね。たぶん戻ったら数十分で世界が終わる」

「なるほどねー……」

彼は大きなため息をついた。話についていけない僕に気づいたのか、君がこちらを見て時間の話をする。

「私が旅立った時間はギリギリ、戻れる範囲なの。一ヶ月の滞在は向こうの時間で一日。実際にエウロパが地球に当たるのは二十四時間と数十分後」

「だから戻っても数十分の猶予があるってことか」

「まあ、数十分でどうにかできる問題でもないけどね」

彼がポケットから何かを取り出す。時計の文字盤のような小さな機械だった。画面には何も映っていない。すると君もポケットから同じような文字盤を出してくる。僕が見たことのないものだった。モニターに光が集まり、立体的な文字が浮かび上がる。そこには残り二十七日と書いてあった。

「僕は帰れない」

「その時計みたいなの何？」

「これは時間旅行者に分配される端末。残りの日数とか、登録した口座やカードのお金をこっちの貨幣に換えてくれる便利グッズなの」

今はお金出さないけど、とひと言文句を付け足した君に苦笑する。

「僕はおそらく、君が旅立った数時間後に時間旅行に出た。だから日付が出なくなってる」

「出ないってことは……」

「地球が滅亡するから帰る場所がないってこと」

部屋が静まり返る。僕は脳内を整理した。時間旅行は肉体を未来に置いたまま、精神だけを過去に連れていき、身体はエネルギー体で象られる。つまり、地球が滅亡したら……。

「その場合……どうなる？」

恐る恐る聞いた僕に、彼は両手を挙げるだけだった。

「わからない。でもたぶん、肉体が死んだらこの身体も消滅すると思う」

「……絶対死ぬってこと？」

「おそらくね」

彼は紙コップに口をつける。喉を鳴らし、入っていたお茶を一気飲みした。

「まさか自分以外に戻っている人間がいるとは思わなかったな。しかも同じ一ヶ月」

「……どうして戻ったの？　絶対戻れなくなるってわかっていたでしょ」

「君はどうして戻ったんだい？」

ここで僕たちは自分たちが体験したことを話した。彼は興味深そうに話を聞いていた。そして僕の記憶が残っていることに対し、それならわかると呟いた。

「僕もそれがあったから今ここにいる」

「どういうこと？」

「前に会った時、最後ふたりで何かした？」

「何か？」

「……肉体的接触とか？」

「……!!」

彼の言葉を聞き一瞬で顔を赤くする君に、僕は最後の瞬間を思い出す。たしかにあった。酷く虚しい最後だった。唇に風だけが当たり、冷たさを実感するような最後。

「あった」

「機島くん!!」

恥ずかしがっているところ悪いが、あれは君からしたのだ。そして僕はもう成人男性である。あの日のキスを思い返して真っ赤になるほど初心ではない。

「それだよ」

彼は自分の話を始めた。

「数年前、僕は初めて時間旅行をしたんだ。行き先はどこでもよくて、ただ過去の世界を見てみたかった。幸い博士号があったから、今と同じように大学の準教授として一ヶ月滞在することにした」

そこで、彼女に出会った。そう言って彼は手元のスマートフォンを差し出してくる。画面にはひとりの女性が映っていた。花畑で笑う女性を、彼は優しい表情で見つめた。

「一瞬で恋に落ちたよ。でも時間は待ってくれなかった」

一ヶ月、たかが一ヶ月の恋が自分を狂わせた。そう言う彼に僕は同情した。まさしく十年前に僕が味わった感情だったから。

「もう一度会いたくてすぐに戻ったよ。けれど彼女は僕のことを忘れていた。また一ヶ月、ふたりで過ごして別れ際にキスをした」

まるで僕らの物語を聞いているようだった。それ以前に彼は叶わぬ恋を自覚したのだろうけれど。

「正直また忘れられることが怖くて、しばらく同じ時代に戻れなかった。でも結局会いたくて、彼女のもとに戻ったよ」

「そしたら、憶えていた？」

「……そう。さすがに驚いたけどまた同じように一ヶ月過ごして、同じように最後キスをした」

「それで……？」

「そこから三回同じことを繰り返して、彼女はずっと僕を憶えている」

開いた口が塞がらなかった。それは隣にいる君も同じであった。

「僕たちはひとつの仮説を立てた」

「仮説……？」

「アラームを聞いたことがあるかい？」

僕たちは首を横に振る。けれど君は、存在は知っていると口にした。アラームとは、時間旅行で何かしらの不具合があったり、帰る時間になったのに指示を無視し時間を超過した時に流れる警告音らしい。

「アラームが鳴る寸前、誰かと肉体的接触をしていた場合、相手に記憶が残るのではないかという仮説」

「……まさか。不具合はないって父は言っていたわ」

「けれどその不具合を隠していたら？」

「それだったら別れ際に握手したら、同じように記憶が残らないか？　もっと記憶を残している人がいるはずだ」

僕の発言にふたりの視線が向く。しかし彼はおそらくだが、とその発言を否定した。

「熱だよ」

「熱……？」

「僕らの身体は今、エネルギー体でできているだろう？」

「それがどうしたの」

「エネルギー体は過去に滞在すればするほど、熱を失っていく」

僕の研究では、と彼が語る。最後に君に会った日を思い出した。あの日は雨が降っていて、いつからそこに立っていたのかわからないほど君の手は冷たかった。一日を通して温かさが増すことはなく、零れ落ちた涙だけに温かさを感じた。

「冷たくなればなるほど熱を求める」

「ただ触れるだけじゃ熱が足りない？」

「僕はそう思う。体内の熱が渡れば、相手にエネルギーの欠片が移る。まあ、あくまで仮説だがね」

ソファの背に身体を預けた彼は息を吐いた。

「僕が言える事実は、別れ際に彼女とキスをする度忘れられずに済むってことだ」

「さっきアラームが鳴る寸前って言ってたよな？」

「ああ」

「アラームが鳴った後も滞在することは可能？」

瞬間、ふたりの顔がこわばった。君は目を伏せ、彼は無理だと口にする。

「どちらにせよ、強制的に戻されるよ。……話を戻そう」

立ち上がった彼は新聞を持ってくる。それは君と見た日付のものだった。

「これは、変えられると思うかい？」

やがて地球が滅亡する。広い誌面の狭いコーナーに書かれた突拍子もない真実に、目を向けた人がどれくらいいただろうか。けれどこれは間違いなく現実になるのだ。ずっと先、今を生きている人間がすべて死んだ後で。

「……勝算の低い賭けだと思う」

「今から俺たちがこの時代でオールトの雲の重要性を説いても意味がない」

「そうだね。まだこの時代には確認されていない。机上の空論だと言われるだろう」

もう充分に理解しているのだ。一ヶ月、どれだけオールトの雲の重要性を説いたところで、今を生きている人たちに意味は伝わらない。ただの馬鹿げた妄想だと笑われるか、まったく興味を持たれないか、だろう。

君と目を合わせ、僕は一冊の本を取り出した。僕のデビュー作、君との物語だ。それを受け取った彼に、僕たちの事情を話した。十年前、一ヶ月間を共に過ごしたこと。その一ヶ月を忘れないまま大人になり、小説家になったこと。そして、君が戻った未来に、存在していなかったはずの僕の小説があったこと。間違いなく、未来が変わったこと。

「……だから書くのかい？」

僕は頷く。だってそれしかできないから。

「負け試合だね」

「それは……事実だよ。俺は未来に生きられないし、ここでしか足掻けない」

口にすれば当たり前のことで、けれど認めたくなかった事実でもあった。あの頃、同じ時間をずっと共有していくと思っていた。年を重ね居場所が離れても、いつだって連絡を取りあえる。明日が、当たり前に存在するものだと信じて疑わなかった。けれど明日なんてなかった。僕の世界はあの日終わった。恋心も色彩も青い春さえすべて取り残された。

そしてようやく時間が動き出したかと思えば十年の歳月が僕らの目の前に立ってい

て、再び一ヶ月後に別れを控えている。

　タイムトラベル技術など存在しない現代、僕が君のもとに行くことはできないのだ。足掻く場所はいつだってここ。君がいなくなっても変わらずに。

「だからやれることをやる。それしかできないから」

　今の僕にできることはもう一度、君との日々を書き記すことだ。一言一句余すことなく未来の話を創る。それしかできないから。単純明快、力になれるかどうかもわからないけれど、やるしかなかった。

「……青いなあ」

　ポツリと呟いた言葉はたしかに僕の耳に届いた。君には届かなかったようで首を傾げている。彼はよし、と手を叩いた。

「僕も微力ながら協力しよう」

「本当に？」

「ああ。未来の世界の話やオールトの雲、時間旅行の話も結構できるよ、僕」

「何度も行き来してるから？」

「……どれだけ時間が経っても、人は愛することをやめられないからね」

　それから僕たちは未来の話をした。年の功なのか、君よりもずっとたくさんのことを知っていた彼の話をメモし、小説のネタを増やしていく。この物語を書き終えた後でも使えそうな話ばかりだった。

やがて夕焼けが部屋に差し込み、僕たちはようやく研究室を後にした。別れ際、連絡先を交換し、また、と口にした。果たしてこの〝また〟は来るのか考えるのが怖い。今度彼女に会わせるよと言われた時、僕は曖昧に笑うことしかできなかった。なぜなら彼の愛した人はおそらく、何度も孤独に向きあった人だ。世界が愛する人を忘れても、たったひとりで憶え続けるという悲しみを背負った人。どれだけ戻ってくると言われようが、本当にもう一度が訪れるかどうかはわからない。そんな恐怖に向きあい続けた人に、会うのが怖かった。


「……会わなくていいの？　何か有益な情報持ってるかもしれないし」

「会わなくていい」

帰り道、こちらを見ずに問いかけた君に僕は興味が失せつつ返事をした。

「どうして？」

「たぶん、江崎創吾が持ってる情報よりも少ない。彼女は残される側の人間だから」

僕と同じで、とは言わなかった。すると君は立ち止まる。長い坂道の途中、視線の先に線路が見えた。スピードが出しにくいよう凹凸が施された坂道に車通りは少ない。色の変わりはじめた空は赤から紫、そしてうっすらと紺色のグラデーションを描いている。雲にかかった紫の影の隙間から宵の明星が見えた。

「……私が帰った後、ひとりになった？」

振り返った君の髪が風に攫われていく。君はまるで風のようだ。いや、嵐に近いかもしれない。突然現れては僕の当たり前を一瞬にして壊し、君がいる日常が当たり前になった頃、一瞬で消え去るのだ。

言いかけた言葉を呑み込むと、代わりに呆れ笑いが顔を出した。

「馬鹿みたいに捜したよ。目の前にいたのに突然消えて、思い当たる場所、全部を捜した」

けれど、どこを捜しても痕跡ひとつなかった。

「そのうち自分が作り出した幻なんじゃないかと思いはじめた。でも忘れたくなくて、自分が見たのは本物だったって証明するために小説を書きはじめた」

伝えられなかった想いは、今も唇から零れ落ちず二酸化炭素になっていく。

「忘れた頃にまた現れて、もう一回世界が終わるって言い出すんだから」

君の横を通り過ぎ、ポケットに手を突っ込んだ。

「酷いやつだよ、合内は」

僕はもう、君と過ごした頃の子供ではない。この想いを呑み込むことだってできる。控えているさよならに耐えるだけの心がある。この場でどうして置いていったんだとか、なぜ何も言わなかったんだとか駄々をこねることもない。もし君と同じ立場であったなら、僕だって言えなかっただろうから。

「……大人になったんだね」

「十年だよ、どっかの誰かさんがいなくなってから」

そりゃあ大人になりますって、と歩きはじめれば、後ろからゆっくりとした足音が聞こえてきた。

「雨宮と上好は結婚するし」

「ふたりが？」

「姪っ子と甥っ子がたくさんできるし」

「お兄さんたち結婚したの？」

「ふたりともした。独身は俺だけ」

「叔父さんね」

「現実を知った」

理不尽に揉まれ大人になった。諦めたことやできなかったこと、手に入らなかったものばかりだ。あの頃はお金なんてどうでもよかったけれど大人になればわかる。生きるためにはお金が必要だということを。ただ生きるためにお金を稼ぐ日々は苦しくて仕方なかった。

たしかに物語を書いて生活しているが、書きたくない文章を書いてお金にすることもたくさんある。やりたくないことをやって金銭を得る。すべて生きるためだと嘯きながら。

僕に才能があればよかったと思う。小さな才能ではなく、大きな才能だ。小説を書けば書くほど世に広がり、称賛を受けリスペクトされるような、そんな才能。生きるために稼ぐのではなく、自分が書きたくて書いたものに金銭がついてくる。八畳半の狭い部屋ではなく、もっと広い部屋を持て余すような状態で、猫でも飼って優雅に暮らす。そんなことができるだけの才能が欲しかった。

そして、その隣で。同じように歳を取った君が、笑っていてほしい。

けれど現実はそうじゃない。僕には八畳半の古びたアパートの一室が待っているだけで、君は歳を取っておらず、僕の前から再び消える。

「……ごめんね」
「何、突然」
「私、自分勝手だなと思って」
「え、今更？」

鼻で笑っても反撃は返ってこない。ただ足を止めた僕の背にコツンと何かがぶつかる。それが君の頭だと気づくのに時間はかからなかった。ただぶつかっただけではなく、僕の背に頭を預けて止まっている。

「何も言わずに消えたのにね」

「忘れるってわかってるんだったら言えばよかったのに」

「言おうと思ったんだけど言えなかったの。言ったら全部……」

「全部？」

「終わっちゃうと思った」

また風が吹き、伸びた影が揺れた。坂道にふたりの影が重なっている。僕は空を見上げた。

「あのさ」

背中越しに、君が震えたのがわかった。

「もう変わらないことを言ってもどうしようもないだろ。どれだけ頑張ったとしても過去には戻れない」

未来の君には可能だが、地球が滅亡するならあの日より前に戻ることは不可能だろう。

「俺の中では終わったことだよ」

嘘をついた。とんでもない嘘だ。そんなこと、本当は思っていない。今もまだ、十歳も離れてしまったこの少女に恋をしている。伝えられなかった想いがくすぶっている。けれど表に出さないでいられるようになっただけだ。本当は何ひとつ納得していない。言えば君を深く傷つけることになるから言わないだけで。

「……そっか。そうね、十年だもの」

君の頭が離れ、僕の肩にかけていた紙袋を奪う。自分の服が入った紙袋を抱え坂道を走りはじめた君を、僕はただ見守ることしかできなかった。たぶん、君が言いたかったことはひとつだ。けれどもう一度、さよならが訪れるというのにその言葉を聞くことはできなかった。お互いを苦しめるだけの結末ならない方がいい。

君に倣って僕も坂道を駆け出す。久々に走ったせいで脇腹が痛くなったのは内緒だ。

別れはおそらく、

一日一日、過ごした日々を日記のように物語に紡いでいく。ご丁寧に日付まで記載して登場人物や場所の名前だけを変え、僕らの時間を詳細に書き記す。君はそれを横目で眺める。

江崎創吾とはあれから数度顔を合わせ、連絡を取りあった。彼が未来で見たニュースをより詳しく噛み砕いて説明してくれる。実際にどういうことが起きて辺りはどんな状況だったか。作品に投影していく。彼の想い人とは会わなかった。時折彼を通して彼女の話を聞くことはあったが、徐々に日常の他愛もない話しかすることはなくなった。

毎日が、書く、話す、考えるの繰り返しになった。朝から晩まで君と話してはふたりで考え、書いては情報収集をする。いつの間にか、床で眠るのに慣れてしまった。

それまでの怠惰な生活は鳴りを潜め、規則正しい君の生活に強制的に合わせるようになった。朝起きたら食事があるなんていったいいつぶりだろうか。昼も夜も、君は楽しそうに料理をしていた。

狭い部屋はいつの間にか、君の匂いで満たされるようになった。

半月が過ぎた頃、僕の指が止まった。キーボードを叩く指が軽快な音を鳴らさなくなり、部屋にはあの頃聴いていた音楽が流れ続ける。君が好きだと言ったロックバンドは昨年末に解散した。理由は憶えてもいないが、聴き続けた曲は、たしかにあの頃僕の心の拠りどころだった。

「どうかした？」

音楽を止めた君が僕の目の前に座り込む。向かいあって視線を交わせば、僕の口からため息が零れた。

「人の顔見てため息つかないでよ」

「どうもすみません」

「で、どうかしたの？」

僕は画面に視線を向けた。半分以上埋まった物語はしかしまだ、終わりが決まっていない。起承転結の転に向かう部分で僕は立ち止まったのだ。結末が、どこにも見えないから。

「……何でもない」

言えなかった。この物語はどう終わるかなんて、聞くことすらできない。だってきっとこの物語もまたさよならで終わるから。

「そう?」

初めから会わなければこんな想いをすることもなかった。別れを恐れ、悲しみを抱くこともなかった。最初から知らないままであればよかったのだと、君の横顔を見る度に思う。

「あ」

突如、君が声を出す。

「何か思いついた?」

「ううん、違うけどそういえばと思って」

「そういえば?」

君は満面の笑みを浮かべ僕の顔を覗き込む。そして髪ゴムを手に取り、唇を開いた。

「約束!!」

「何かと思ったら……」

夜の九時過ぎ、僕らは海角駅の公園に来ていた。十年前、君が住んでいたはずのマンション近くにある公園だ。君は園内に放置されていた汚いバスケットボールを手に取る。そのままゴールに投げた。放射線を描きネットに入っていく様を、ただ目で追った。楽しそうに落ちてきたボールを手に取り、こちらにパスしてくる。一本にまとめられた髪が揺れていた。

「この前約束したから」

「夜のバスケットボール？」

「機島くんにとっては十年前だけど、私にとってはつい最近」

忘れてた？　と笑う君に、どうかと言葉を濁す。嘘だ。だって忘れないよう文章に、この約束は守られず、さよならを告げたと書いたのだから。それが十年越しに叶えられるとは思ってもみなかった。残念ながら雨宮と上好はいないけれど。

「はい、パス」

君の背後にある街灯が輝き、背を照らす。持っていたボールを君に投げれば楽しそうにそれを受け取ってシュートを決めた。

「1オン1やろ」

子供みたいな顔で無邪気に笑う君に、僕は走りはじめた。時の流れを忘れるほど、まるで当時のように馬鹿みたいに走ってはボールを奪いあい、シュートを決めあう。一時間にも満たないそれは、まるで永遠のように思えた。伸ばした手をすり抜ける君のこめかみに汗が光り、飛んでいく。馬鹿みたいに美しい、再会してから初めて見た笑顔だった。

「やったー私の勝ち!!」

手を挙げて跳ねる君と、地面に座り、しんどいと呟く僕には雲泥の差があった。

「オッサン捕まえて、勝ったなんて喜ぶなよ」

「勝ちは勝ちだよ」

「子供か」

思わず噴き出したが、まだ君は子供だった。あの頃、君が妙に大人びて見えた。時折子供みたいな表情を覗かせていても、それでも自分よりずっと大人に見えた。けれど今はどうだ。ただの子供だ。青すぎる行動も、全部十代特有のものだ。今の僕とは違う。

「……合内はさ、未来を変えたくて来たんだよな？」

「そうだよ？　何、突然」

「変わったらどうするの」

軽快なドリブルが止まった。

「どうするのって？」

「そのままの意味。今から未来が変わりました。地球は救われました。戻ってそれを確認したらその先は？」

「その先……」

君は黙り込む。行き場をなくしたボールは地面に転がり、風に揺れる。

「変なこと聞いた、忘れて」

その先に少しでも自分がいればいいと思った。一瞬でも、脳裏をよぎってくれれば。

「私は……」

僕らの時間は絶対に交わらない。わかっている。

「まだ十代だよ、何者にもなれる」

「私は……!!」

「これからたくさんの人に会って、誰かに恋をして、幸せな未来が待ってる」

これは線引きだ。最後に会った時から君の気持ちが変わっていないとしたら、僕は大人としてここでけじめをつけなければならない。

君に、報われない恋を手放してほしいからだ。

「一番会いたい人には、会えないのに?」

背を向け立ち上がった時、絞り出したような君の声が僕の耳に届いた。

「もし世界が終わらなかったら会いにはこられるんじゃない?」

「でも時間は埋まらない」

もし君がもう少し早く現れていたら、僕らの間にある月日の差はましになっただろう。戻って今の僕ではなく、過去の僕に会いにくるのも可能だ。けれど、それでは未来が変わってしまう。

「俺と合内の間には、最初から埋まらない時間がある」

口にすれば心の中にストンと落ちていく現実は、たしかに僕らを傷つけた。

「……でも、江崎さんみたいに」

「何回も離れてはもう一度って？　いつ終わるかもわからないことをする？」

「私は何度だって……」

「俺以外、合内のことを憶えていない世界に置き去りにする？」

君が息を呑む音が聞こえた。ああ、たぶんこれは理解できていなかったのだろう。

相手が自分の記憶以外から消えている世界を、君は生きたことがない。

「タイムトラベルだって、できる」

「片道切符？　自殺行為だ」

「でも……!!」

「合内」

痛いくらいの想いに気づかないほど僕は馬鹿でもない。あの頃の想いが僕の心にずっと息づいているのもわかっている。これで僕が君と同い年であれば、その選択を受け入れただろう。けれど、もう時間は戻らない。

再会してからずっと、僕は明日、世界の終わりを乗り越えた君が幸せに生きることを望んでいる。

僕が首を横に振る。それだけだった。君の目が赤くなり、零れ落ちそうになる涙が輝く。

「何となく気づいてたんだけど」

君が未来を救いたいと思っているのは本音だろう。けれど他にもうひとつ。

「帰る気ないだろ」

僕の口角が上がった。それは楽しいからでも馬鹿にしているからでもない。悲しさと切なさ、そして愛しさゆえだ。固まった君の瞳から熱が零れ落ち、整った顔が歪んでいく。どうしてとうわ言のように呟く姿に、僕の確信は真実に変わった。

「江崎創吾ができるなら、自分だってできる。何かしらの方法で、ここに残れないかをずっと彼に相談してる」

「何でそれを……」

「この前教えてもらったもので」

先日、彼と連絡を取りあった際、君がこの時代にい続けるにはどうすればいいかと相談されたと言っていた。あくまで学問的興味だと繰り返す君に、彼はそんな方法があれば自分がとっくの昔にやっていると返したらしい。だが、ちがう。

「失敗して世界の終わりに向きあうのが怖いってだけじゃないだろ？」

戻れば死が待っている。そんな状況に戻りたくないと言っているのであれば、まだ納得できた。僕だって君をそんな世界に帰すわけにはいかない。けれど戻っても数十分、君には時間が残っている。そしてその数十分で、地球から脱出し生き残れる道がある。

「合内はまだ未来を知らないだけだよ」

「未来を知らないって何？　何が言いたいの？」

「まだ十代だからこれがすべてだと思ってる」

選択肢なんて生きていればいくらでもある。こんなところで報われない恋を選ぶ必要はどこにもない。

「それともアラームが鳴り続けてもいようとする？」

「……アラームが鳴ったら、全部終わりだよ」

「どういうこと？」

君は黙りこくって視線を下に向けた。長いまつ毛が瞳を隠す。しばらく待ったが、次の言葉は続かなかった。やがてボールが再び風に攫われ、僕の靴に当たり小さく跳ね返る。木々のざわめきが聞こえはじめた頃、君はようやく口を開いた。

「全部、忘れるから」

「え……？」

「時間になって端末を持っていなかった場合、身体は消えない」

「なら」

「でもアラームが鳴り響いた三十秒後、強制的に時間旅行は終わる」

そして、君は一度唇を噛んだ。小さく息を吐き、意を決し口を開く。

「戻った時、時間旅行の記憶はなくなる」

「何で……」

「ペナルティだよ。時間を守らず故意にその場に残ろうとした。これがあるから時間旅行は安全で安心なの。犯罪を起こす時間すら与えない」

安心安全の旅路。タイムトラベルとは違う、安全さは肉体的な意味だけではなかった。忘却。双方が忘れるからこそ安全だったのだ。

「だから、私たちは時間通りに戻らなきゃいけないの」

「まるでシンデレラだな」

冗談交じりに笑い飛ばせば、君は違うと否定する。

「ロミオとジュリエットだよ」

「……自ら死は選ばないだろ」

「大切な人がいない世界なんて、終わったも同然だよ」

その言葉に、僕は十年前を思い出した。そう、君が繰り返し口にした言葉だ。

明日、世界が終わる。それは今と違う意味だったと話していた。今、ようやくその意味が理解できた。

あの日、君がいなくなって世界が終わったと思った。それは僕だけではなかった。忘れたことすら忘れてしまう。そんな状態で一緒にい続けるなんて不可能に近い。僕はただ、平和な未来で君に生きてほしい。この想いより未来を救うことの方が大事だと思った。最悪の可能性はいつも頭をよぎっていたが、現実がさらに最悪だとは思わなかったけれど。

未来も救えず、忘れたことすら忘れたらどうしよう。この物語も十年前も、すべてを忘れ去り、なかったことになったなら。その時、未来に戻った君はひとりで世界の終わりに立ち尽くし、残された僕は何もわからないままこの場で立ち尽くす。

もしかしたら違う未来が存在するのかもしれない。けれど、君の未来はなくなる。この想いも、何ひとつ残らず、消え去る。


「そうだね、全部なくなる」

平日の昼間、カフェのテラス席で目の前の彼はコーヒーを口に含んだ。

「同じものでいいかな？」

「いやブラックは、ちょっと……」

店員を呼び、キャラメルラテを指さす。甘いのが好きなんだねと、何気ない言葉に僕は目を伏せた。ブラックコーヒーは、今でも飲めそうにない。

「今日は一緒じゃないんだね」

「……まあ」

江崎創吾は頬杖をつきながら、仕方ないねと口にする。言いたいことはわかっているとの表情だった。あの日、僕たちは会話を終わらせ帰路についた。次の日、変わらぬ日常が待っていた。君と当たり前に会話をして先日のことなどなかったかのような状態で息をしている。けれど心の中にはずっと、恐怖が存在した。

君には言うことができず、けれど吐き出す場所もなく、結局僕は江崎のもとに来た。

「アラームが鳴る前に帰れば忘れずには済むよ。だから僕は毎回少し早めに帰る」

「忘れたくないから？」

「だって大切な人に自分の記憶を残すのに、自分は相手のことを忘れて平然とした状態で生きていくなんてできないだろ」

「たしかに」

「まあでも、全部終わらせようとしたことはあるよ」

僕の前にキャラメルラテが置かれた。口をつければ甘ったるい匂いが充満し、舌全体に広がる。

「僕といない方が彼女は幸せになるんじゃないかって思って、一度最後まで何もせずアラームが鳴るまで逃げようとしたことがある」

「結果は？」

「いやー彼女にばれてめちゃくちゃ怒られた。未遂に終わったよ」

にやにやした顔で当時を思い返す彼に、のろけかよと僕は内心でツッコミを入れる。

「その時に無責任だって言われたよ」

「勝手に終わらせようとしたから？」

「それもあるけど、知る前には戻れないって」

どれだけ忘れても、きっとどこかで憶えている。話を続けた彼に、同じようなことを口にした記憶が脳裏をよぎった。

「……たとえば俺が合内のことを忘れたとしたら、十年前の記憶もなくなるってこと？」

「たぶん。十年前の前置きがあって今があるわけだから、両方消えると思う。君はきっと、小説家にはならず別の何かになっていると思うよ」

思い出を書き換えられるみたいなものだ。彼は、分岐点だよと言う。

「今が合内海砂に会った記憶がある未来。もう一方が合内海砂に会った記憶がない未来。そして、今の君が合内海砂を忘れたとしたら？」

「忘れても必ず、会った記憶がない方の未来になるわけではないだろ」

「でも確率は高い。君のデビュー作は合内海砂との時間を憶えていたからこそ、作られたんだから」

「……それすらなくなれば、小説家になる未来にはならない？」

静かに頷いた彼に、僕は納得して息を吐くことしかできなかった。つまり忘れれば今が消えるということだ。この人生すらも変えてしまう。

「だからタイムトラベルが厳しく取り締まりを受けるようになったんだよ」

「こういう人間が続出するから？」

「その人の人生を変え、場合によっては相手が生まれてこないようにもできるわけだからね」

「……とんでもない未来だな」

ならば僕は、この物語を書き終え、必ず君を憶えたまま今を生きなければならない。再び失う悲しみを味わい、ひとりで憶えていなければならないのだ。

「ただ」

「ただ？」

先ほどとは一転、深刻な顔をした彼は口を開く。

「もし滅亡を免れて世界が終わらないとしたら、合内海砂が帰った瞬間、罪に問われるかもしれない」

「は？」

どういうことだと立ち上がる前に彼の手がそれを制した。落ち着けと行動だけで示された僕は、肘かけに乗せた手を下ろす。

「過去の改変は未来で一番重い罪だ。もし記憶を残した彼女が未来に戻ったとしたら、それが地球を救うことになっても罪に問われるだろう」

「世界の終わりを止めたっていうのに？　合内が人類に感謝される立場になってもか？」

「戻っても、彼女が救ったって絶対の自信を持って言える人間はいないだろう？」

彼の言葉に僕はハッとさせられた。

「未来っていうのはちょっとしたことで変わっていくよ。今から君が家に帰るか、どこかへ寄り道をするかによっても人生が変わることもある」

何気ないことでも世界は変わっていく。

「もし君が家に帰る未来を選び、誰かと結婚するとしよう。子供が生まれて、人生が紡がれていく。それが正しい未来だとするよ」

「ああ」

「けれど君が寄り道をして、交通事故に遭い命を落としたら？」

「……存在するはずの人間がいなくなるってこと」

「そう」

そこでようやく僕は気づく。君を救うために、死なせないために書く物語が本当に未来を変えるのかはわからない。けれどできることはやらなくてはいけないと思ったのだ。そこに間違いはないと思う。

でも。

「地球を救うのに、未来を変えるのに、犠牲者を出さないことは難しい」

まるで言霊だ。口にした瞬間、僕の脳はそれでいっぱいになった。正しい未来のために世界を終わらせない選択をしようとした。彼は深く息を吐いてから、口を開く。

「僕が思うのは、終わるのが正しい未来であるかもしれないってこと」

地球滅亡が正しいとしたら、君は明日、ひとりで世界の終わりを前に立ち尽くすのか。彼は戻れず、愛する人を残し消え去るのか。

「何を正しいと思うかなんて人それぞれだと思うよ。僕も死にたくない。でも」

「……未来を変えることができたら、多くの犠牲を払うかもしれない？」

何も言わず目を合わせれば、彼の視線は斜め下に下ろされた。

「地球を救った未来で合内海砂に待っているのは間違いなく……」

目を閉じて彼の顔の前に手の平を差し出す。もうやめろという意思表示だ。それを汲み取ったのか、彼は口をつぐんだ。僕の手はゆっくりと落ち、テーブルの端に当たる。もし変わった未来でも罪を裁く基準が同じであれば、辿り着く一番重い処遇はひとつ。

「……どうもありがとう」

それだけ言って立ち上がる僕を、彼は止めなかった。不意にひとりの女性とすれ違う。どこかで見た人だと思い目で追えば、女性は未だテラス席に座ったままの彼に笑いかけた。瞬間、先ほどまで難しい表情を浮かべていた彼の顔が和らいだ。そして僕を指さし、女性は再びこちらを向く。目が合い微笑んで頭を下げる女性に、僕も軽く会釈をする。

ああ、彼女が彼の大切な人だ。

僕も彼も、君も女性も、幸せな未来から到底遠い場所で息をしている。

ただ下を向いて家路に急ぐ。よく晴れた日だというのに空を見る余裕すらなかった。消化できない心を隠すように足早になっていく。終わりの影すら見えない、平和な世界だ。

たぶん、どこかでわかってはいたのだと思う。僕はヒーローじゃない。何の犠牲もなしに人を救えるとも、何の力もなしに世界を変えられるとも思っていない。

けれど、目指すのは君が生きている未来だ。明日、世界が終わらないために。そのために書き残す。この日々にどのくらい先かもわからない未来を託すのだ。

地球を救うなんて、馬鹿みたいな賭けだ。この物語で君を生かす未来につなげられるのかもわからない。でももし、未来が救われたら。その時君がここにいたことを憶えていたら、君は拘束されるかもしれない。

忘れるべきは僕ではなく、君なのか。

考えることが多すぎて整理が追いつかない。でも、これだけは言える。僕は君に忘れられたくはない。おそらく君も。叶うなら彼らのように時間を行き来してこの恋を続けたいと口にするだろう。それが報われぬ結末になろうとも。

僕だってそれに、いいよと言いたい。絶対に忘れないから、必ず憶えているから。同じ場所で待っているから。一緒に生きてくれと言いたい。世界の終わりなんてもうどうでもいいから一緒に死のうなんて、そこまで言えたならこの恋は報われるだろうか。

でも、それじゃあ意味がないのだ。

玄関の扉を開けた先、鍋が煮立った音が聞こえた。あ、と君の声が聞こえ廊下の先で顔を覗かせる。僕を見た瞬間顔を綻ばせた姿に、どうしようもなく泣きたくなった。

手を離したくないのは僕の方なのかもしれない。

「おかえり」

柔らかな笑顔が僕を迎え、楽しそうに今日の献立を話しはじめる。八畳半の狭い部屋はひと時の幸せで溢れていた。

時計の音に肩が震えたのは久しぶりだった。真っ暗な部屋の中、寝息とキーボードを叩く音だけが響く空間で、秒針が重なる瞬間に気づいたのは、ただの偶然ではないだろう。キーボードで指を動かしながらも横目でずっと時計を見ていたのだ。

ベッドの上、寝返りを打った小さな身体は目を覚まさない。どうかこのままずっと、この場にいてほしいと願う。

僕は再び画面に向きあい、狭い部屋の中でたったひとつ光り輝く画面に最後の文字を入れた。僅かな希望を残し、句読点をつけ終わらせた物語に、さまざまな感情が込み上げてくる。目頭を押さえたのは決して、疲れからだけではないだろう。立ち上がり冷蔵庫を開ければ、いつ買ったのか、ミルクチョコレートが大量に入っていた。まるでこれが最後だと言わんばかりに積み重なった板チョコレートを見て、僕は思わず噴き出す。

「馬鹿だろ……」

その場にしゃがみ込み頭を抱えた。あと数時間でこれが消え去る。どれだけ残そうとしても残らないのは十年前に体験済みである。それでも目尻が下がるのは、口元が緩くなり弧を描くのは、確かに今、君が存在しているからだ。

一枚だけ手に取り、包装を乱暴に破いてかじりついた。疲れた身体に糖分が染み渡る。普段は深夜に甘い物など口にしないが今日だけは特別だ。口に含みながら元の場所に戻り、片手でできあがった物語を担当編集者に送る。どうかよろしくお願いしますとつけたのは祈りだったのかもしれない。

チョコレートはあっという間に胃の中に消えた。銀紙を丸めてゴミ箱に放り投げる。ずいぶんと綺麗になった部屋は、数時間後には元の姿に戻るだろうか。買った服はきっと消える。足元に落ちた長い髪の毛でさえ、きっとなくなるな。

ベッドに近づけば寝息を立てている君の唇が小さく開いていた。閉じるために触れた先は冷たく、この身体の限界が近づいていることを知る。頬をなでても、髪をすくっても、すべてが冷たく、生きているのか心配になるくらいだ。しかし規則正しく上下する胸は、確かにまだ君がここにいる証拠だ。

数時間後、君が未来に帰る日が来た。

次に目が覚めたのは時計の針が正午を回った時だった。ベッドを背に座ったまま寝ていた僕の身体に布団がかけられていた。慌てて部屋を見回せば、呆れた顔で笑う君の姿が映る。

「寝すぎ」

それだけ言ってキッチンに向かう君に、あと何時間残されているか計算しようとしたがふと、枕元に端末が置かれていることに気づく。時間旅行者に渡される端末には残り二時間と浮かび上がっている。一度、目を伏せた僕はそれを手に取り、ポケットの中に入れた。

「一時間後には家出るよ」

目の前のローテーブルに食事が置かれた。この一ヶ月でお馴染みとなった君の手料理だ。バリエーション豊かで味もさることながら見た目も鮮やかな料理の数々に、僕の身体は生かされてきた。けれど、それも最後だ。

見憶えのあるパスタだった。一緒に置かれたフォークでのせられたトマトをつつく。口に入れれば、初めて食べた君の料理と同じ味がした。

「ずるいな」

「何か言った?」

「何でもない」

さよならにあたり、僕らはお互い何も言及しなかった。一日一日、時間が過ぎ去りタイムリミットが近づこうとも。そんなものは存在しないかのように、時間という言葉を口にしなかった。見ないふりをした。何も起こらない平和な時間が、続けばいい。ふたりでいればそれだけで充分だと思える時間が、終わりを告げることなど考えたくもなかった。

　でも本当はわかっているのだ。夜にバスケットボールをしにいった日から、お互いに言及することをやめただけであって、別れが消えたわけではない。

　口に出せばすべてが崩れ去ってしまうから、静かに見ないふりをしているだけだ。

　一瞬で完食した食事は、僕の思考をクリアにした。皿を手にしキッチンに向かえば、何も言わず皿を受け取り君が洗いはじめる。ありがとうと、口から零れ出しそうになってやめた。言ってしまったら、涙が出そうになるからだ。

　僕はこの期に及んで、どうにかして君との未来を作ることができないかと考えている。君が世界の終わりに向きあうのなら、未来なんて捨てて僕との時間を選んでくれとも思った。でも、それは叶わぬ願いだ。

　何も言わずに冷蔵庫を開けると、昨日より少なくなったチョコレートが顔を出す。僕が深夜に食べた時より減っている。首を傾げていると、君が楽しそうな声を上げた。

「食べたよ」

「ビター派じゃなかった？」

「そうだけど、たまにはこっちでもいいかなと思って」

「……太るぞ」

「大丈夫。どうせ意味がなくなるから」

ああ、たぶん。僕より君の方がさよならを恐れている。さよならだけじゃない、ひとりで終わりに向きあう可能性も高いのだから。

僕は手を伸ばし、チョコレートを再び手に取った。どんどん口に放り込む。

「さっきご飯食べたでしょ」

「食べた」

「夜中にも食べたんじゃなくて?」

「うん」

「太るよ……」

「その方がいい」

「意味わかんない……」

だってここで太ってくれれば、君との時間が存在したことになる。なんてことは言えず、ガツガツと残りのチョコレートを口に入れていく。

すべて食べ終わった頃、ローテーブルに置かれたままの僕のスマートフォンが震えた。中身を見れば原稿を確認した担当編集者がオッケーサインを出していた。ヒット作間違いなしとの言葉に、僕は少しだけ安堵する。

どうか、君が未来で生きていてくれますように。そして。

「終わった、準備完了」

君の言葉に顔を上げる。君の部屋着と化した僕の白いパーカーを上に着たまま腰に手を当てて姿に、呆れ笑いが込み上げた。ちょっと待ってと言い、歯を磨き、顔を洗う。意味のない抵抗、それを実行する君に、封をした恋心が漏れ出しそうになった。あとちょっと。もう少しだけ。揺れる想いの中、僕は最後を決めかねている。

玄関から出て片道三百八十円の旅に向かう。外は風が強く新緑がざわめいていた。

「何か私が外に出る日、風が強い気がする」

「嵐みたいだからな」

「それって悪口じゃない？」

駅へ向かう道中にしたくだらない話を、僕はきっと、ずっと憶えている。

「いい意味で」

時間旅行の終わりは、始まりと同じ場所の方がいいと伝えられたのはつい数日前だった。思えば十年前も君は同じ場所でいなくなった。聞けば始まりに現れた場所から帰る方が、問題が起きる可能性が少ないらしい。

起点と終点が同じというのは残される側からすれば、そこが思い出の地になるということだ。現に十年間、僕はあの枝垂桜の木を見るのが嫌だった。もしもう一度、君が現れたなら。それを期待することすら嫌だった。

揺れる車内で座ることもせず、君は窓の外を眺めていた。きっと目に焼きつけているのだ。この時代に自分がいたことを、忘れないようにするために。僕はただその姿を、腕を組みながら見つめた。ドアと座席の角に背を預け、輝く横顔を視界に入れ続けた。まだ、決めかねている最後に頭を悩ませながら、僕も君を目に焼きつけていた。

アナウンスが流れ、降りる駅に着く。ドアが開き、一歩踏み出した。あの頃何十回も来た高校の最寄り駅だ。ここから近道を通り、枝垂桜の木の下に行くまで、僕らはひと言も言葉を交わさなかった。ただ、小さな冷たい手を離さないように握りしめた。君は何も言わずに指を絡めてくる。

「……着いたね」

新緑の木の下で僕らは向かいあった。時刻は午後一時五十分。あと五分後に、君はここからいなくなる。

君は唇を噛みしめ、視線を下に向けた。僕の左ポケットの中には君の端末が入っている。渡さなければならない。手を入れたその時、反対側のポケットが震えた。驚いて手を入れれば、スマートフォンにメッセージが映し出される。差出人は江崎創吾。内容を見た瞬間、僕の口が閉じなくなった。様子のおかしい僕を見た君が名前を呼ぶ。

急いで画面を暗くし、唇を噛みしめて目を閉じ、息を吐いた。ずっと決めかねていた最後が、ようやく決まった。

「機島くん？」

「……合内」

「端末、返して？」

「その前に言っとかなくちゃいけないことがある」

僕は端末をポケットの中で握りしめる。意を決し目を開けば、不安そうな顔をした君が僕を見つめていた。

「十年前、ここで初めて会った日、世界が変わる音がした」

非日常は君の形をしてやってきた。当たり前だった僕の世界は一瞬にして君により変えられた。

「初めは何だこいつって思ってたし、絶対仲良くなるもんかと思ってた」

「失礼すぎない？」

「お互い様だろ」

目を合わせれば顔を歪ませ、口を開けば喧嘩。そんな日が一週間ほど続いた。やがてそれは鳴りを潜め、お互いに許しあえるようになった。

「一ヶ月で俺の世界を変えて消え去って十年後に現れるなんて、酷い女だと今でも思ってる」

僕が笑えば君の眉が下がった。

「酷い話だよ、俺以外憶えてる人間はいなかったのに、十年後に現れたと思ったら女子高生のままなんだから」

もし、同い年であれば何かが変わっただろうか。いやたぶん変わらないだろう。君がいくつだったとしても、僕は同じ選択をする。

「俺のどうしようもない想いはまるっきり無視だ」

「え……」

君の開いた唇が震えた。たった二文字。それを伝えるために、どれだけの月日を要したのだろう。それはまるで呪いだ。僕を欲張りにし、君にリスクを取らせる、酷い呪い。

ならば僕は、君に呪いをかけないまま、この物語を終わらせる。

「私も好……」

言いかけた唇を塞いだ。目を閉じ冷たくなった身体が僕の唇から熱を奪っていく。吐息交じりに消えた愛の言葉すべてを封じ込める。

唇を離した時、僕のポケットからけたたましいアラーム音が鳴った。それを聞いた君は真っ青な顔で僕を見る。そして、涙を零した。ああ、最後に見る君の表情がそんな顔だとは。わかってはいたけれどやっぱり傷つく。僕は端末を君の手に握らせる。

そして、最後の言葉を呟いた。

「君が僕を忘れても、僕が君を憶えている」

瞬間、風が吹いた。ゆっくりと手を離した僕は一歩下がる。泣きじゃくり、こちらに手を伸ばす君の声はもう届かない。けれど唇の単調な動きで、何を言っているのかは簡単にわかった。伸ばされた指先は光の粒になっていく。ゆっくりと消えていく君に、僕は最後まで笑顔を向けていた。

別れはおそらく、未来でも変わらず美しく、残酷な言葉だ。

けれど、この悲しみを、言葉ごときが語れるものか。

もう一度、強い風が吹いた。今度は目を閉じることなく、君が消える瞬間を見届けた。最後の光の粒が空に溶けていった時、唇に風が触れる。そして頰から流れた熱が輪郭をなぞり地面に落ちていった。

それが、僕が合内海砂を見た最後の日だった。

あとがき

　ずっと、忘れられない人がいた。十年前、突然目の前に現れて花のように美しい容姿を持ち、嵐のように僕の世界を変えた人。過ごした時間はたった一ヶ月。それだけなのに、彼女は僕の記憶に焼きつき、突然消えた。

　誰ひとり君を憶えてはおらず、まるで存在しなかったかのように世界から消え、花弁が散るように僕の記憶からもゆっくりと抜け落ちていった。すべてを憶えていたはずなのに、月日を重ねるごとに君の声が、言葉が、表情すべてが薄れていく。

　忘れたくなくて形に残したかった。君は幻ではなくそこで息をしていたと。僕の想いは物語になり広がっていった。読者から感想が来る度、この世界のどこかで君に届き、また会えるかもしれないと期待した。そうでないと、やってられなかった。

　君は現れず、いつの間にか十年という月日が流れた。

　そして、十年目に君は現れた。あの時と同じ格好でまったく同じ言葉を口にした。

『明日、世界が終わるの』

　僕の世界は君が消えた日に終わったよ。誰かと付き合って心に空いた穴を埋めようともした。でもできなかったんだ。だって穴の形はいつでも君の姿をしていたから。

『私、未来から来たの』

嘘みたいな本当の話。それならすべての辻褄が合うよ。

『書いて』

君を忘れないために書いたそれを、今度は世界を救うために書いてだなんて。酷く勝率の低い賭けだったけれど、提案に頷くことしかできない僕がいた。

だって世界が終わるなら、君の明日はどこにもなくなってしまうのだから。

そうして始まった一ヶ月間でいろんな葛藤を抱いた。世界なんてどうでもいいからふたりで死のうなんて、そんな考えも頭に浮かんでは消えた。十歳も年の差ができたから余裕ぶってはいたけれど、心臓はいつもうるさかった。目の前にいるのはずっと忘れられない人だったから。

最後の最後まで迷った別れは、ひとつの事実によって決められた。君と同じように未来から来た男性が送ってきた画像には、未来の時間旅行で使われる端末に、消えていたはずの時間旅行の残り日数が表示されていた。これを見て僕は理解した。

未来は救われたと。ならば僕が取る行動はひとつだけ。君の記憶から消えること。

今更だけど、月日が経つごとに想いは募り、誰と一緒にいても君の面影を見るほど君が好きだった。ずっと一緒にいたかったよ。もう、言えやしないけど。

僕は君に生きてほしかった。すべてを忘れて、幸せになってほしかった。

だって——。

エピローグ

目を開けた時、瞳から涙が零れ落ちた。驚いて目元を擦る。両目から零れた熱に首を傾げているとアナウンスが流れた。リクライニングチェアから重たい腰を上げ、ブースを出る。開いた扉の先が眩しくて目を細めた。部屋を後にした瞬間、涙が流れた理由も疑問も、すべて消え去った。

空港のロビーは閑散としていて、まるで機能を失っているかのようだった。視線を上げると、全面ガラス張りの天窓から白んだ空が見える。ボーッとそれを眺めていると遠くから自分の名前を呼ぶ声が聞こえた。

「海砂!!」

「お母さん」

私を抱きしめた母は、まったくと小言を言いはじめた。

「朝帰りする悪い娘はどこ?」

「あ、今、朝なのね」

「そうよ、そろそろ日の出。こんな時間に戻るよう設定するなんて、どこに行ってたの?」

「どこ……」

私はどこに行っていたのだろうか。時間旅行に行ったのは憶えている。ただどこで何をしていたのかはわからなかった。

「もしかして超過したの？」

「……かもしれない」

「あら……、ドジな子ね」

「うーん」

「お父さんに聞いてみたらどう？　どんな旅をしたかはわからないけれど、どこに行ったかは記録が残っているはずだから」

「あの人家にいないじゃない」

「今日はお休みよ」

「珍しい……」

「だって今日は……」

　母が何かを言いかけた時、空が光った気がした。視線を上げれば上空を光る流動線がいくつも落ちていく。流れ星にしては大きく、輝きもひと際だった。昇りはじめた太陽よりも明るく、青みがかった空を明るく染め、空の色と同化していく。

　美しい景色だった。目を奪われた私は口を開けたままそれを見つめていた。星が降っている。それも、たくさん。こんな景色を、人生で見られるなんて思わなかった。

宇宙空間よりもずっと美しい星々を見つめていれば、母が帰りましょうと呟いた。

「帰りながらでも見られるわ」

「あれは?」

「貴方忘れたの?　あれはエウロパでしょ?」

「エウロパ?」

「……寝ぼけてるのかしら」

空中に浮かび上がった巨大スクリーンからニュースが流れはじめた。中継映像は外の流星群だ。ニュースは、オールトの雲から飛来した大きな彗星がぶつかり、軌道がずれた木星の衛星エウロパが今破壊されたと報道する。どうやら地球にぶつかるところだったらしい。

「ぶつからなくてよかったね」

帰り道、迎えにきた車に乗り込んで窓の外を眺めながら呟いた。すると母は、

「貴方の好きな作家が初めに提唱したのよ」

ほら、数百年前の、と言った。意味がわからず首を傾げる。すると彼女は呆れた顔で帰ったらすぐに寝た方がいいと言い出した。

「数百年前、物語の中で今回の惑星衝突を書いた人がいたでしょ。当時はオールトの雲なんて存在しないと言われていたにもかかわらず、生涯を通して提唱活動を続けてた作家」

「……たしかに」

　話はわからなかったがとりあえず合わせてみる。このまま知らないと言っていたら、本当におかしくなったと勘違いされそうだからだ。

「お父さんが時間旅行のビジネスをやる時に、何をしたか知ってる？」

「知らない」

「彼の提唱活動に目を向けたのよ。もしこれが本当であれば、自分がオールトの雲からエネルギーを取ることは、彗星の飛来につながるのではないかってね」

「信じたの？」

「信じたから、時間旅行が始まる前に提唱活動が本当だって気づけたのよ。それからは大変だったわよね、貴方が生まれる少し前かしら」

　提唱活動が真実だと気づいた父は、各星々に住む技術者たちに調査を依頼し、彗星の飛来とエウロパの軌道を調べたそうだ。そして時期を判別し、もし本当に彗星が飛来しエウロパが地球に落ちてくることがあったら、その星を破壊する協力金を出すことによって、時間旅行というビジネスを許されたらしい。

「彼の提唱活動のおかげで私たちはいち早く彗星の飛来に気づけたのよ。最初こそ机上の空論だって言って馬鹿にされていたのに、今では英雄よ」

「英雄……」

「ほら、貴方が好きなあの本」

母がタイトルを口にしたが、一切憶えがなかった。けれどなぜか、胸が温かくなる。こちらに戻ってきてからずっと唇が熱い気がした。

理由はわからない。どうやら私は、旅行中の記憶を失っている。いったい何が起きたのだろうか。そもそも、なぜ私は時間旅行に行ったのだろう。それすら憶えていなかった。

粉々に破壊されたエウロパが空に降り注ぐ。おそらく、大気圏を越す前に灰になって消えるだろう。光るだけで衝撃は何もない。ただ、綺麗で、まるでこの世の終わりのようだ。不謹慎にも、世界が終わるならこんな景色なのかもしれないと考えた。

自宅に着き、車から降りる。家に入るよう母に促されたが、私はまだ空を眺めていた。母は呆れた顔で、ほどほどにねと言葉を残し先に家に入っていった。空を眺めながら片手でニュースをつける。画面が浮かび上がったがそれを消し、音声だけ届く設定に変えた。

どこも空に降り注ぐ星のことばかりだ。不意に時間旅行の話にニュースが切り替わる。どうやら時間旅行のシステムに不具合が見つかったらしい。どうやればエラーが起きるのかはわからないが、時間旅行者の周囲にいた人間の一部に記憶が残っている可能性が浮上したようだ。父が画面の中で早急に問題を解決すると話している。おそらく、一週間の間に解決するだろう。あの人は行動が速いから。

しかし不具合がなくなろうとも、時間旅行はしばらく難しいかもしれない。いくら最初からわかっていたとはいえ、現実にオールトの雲からエネルギーを取り続けたことでエウロパが軌道を変えたのだ。システムに問題がなくとも会社への批判は免れない。

すると耳に届いた音声が父の名前を口にした。

『合内代表によると、〝オールトの雲から彗星が飛来することは最初からわかっていた。そのため、エネルギーは別の星に貯蓄してあり、当面はそれでサービスを継続する。詳細は現在調査中のためコメントは控えたい〟ということです』

相変わらず、行動が速い人だ。すでに見越してエネルギーを貯蓄しており、サービスを停止しないあたり我が父ながら舌を巻く。

時間旅行に行く前は父のことが大嫌いだったのに、今はなぜかそう思わなかった。

「私とお父さんは別だから」

ふと、口から零れた言葉に首を傾げる。いったいどうしてそんなことを思ったのだろうか。わからないことばかりだ。私はいったい、何を忘れたのだろう。

けれどそんなことはもう、どうでもいいと思った。流星群を見ているとなぜか安心できたのだ。ひとつ落ちる度、抱えていた不安や恐怖が消えていく気がした。

「いた」

突然聞こえた声に視線を戻す。目の前に男性がいた。走ってきたのだろうか、息が切れている。肩を激しく上下させ、額の汗を拭う姿に思わず後ずさりした。ここは自宅前なので声を上げればすぐに警備員が来るはずだ。相手を睨みつけ、出方をうかがっていた時、男性は違うと言って両手を振る。片方の手には何かが握られていた。

「……どちら様ですか」

「ああ……そうか」

彼は妙に納得した様子でひとり頷く。そして自分は怪しいものではないと言った。

「時間旅行で、君に会っている。江崎だ」

「私に？」

「僕もついさっき帰ってきたばかりなんだ」

仮に旅行中、彼に会っていたとしても、私にはその記憶がない。この人物が真実を言っているのか嘘を言っているのか、判断するすべがなかった。

逃げようとしたその時、彼は一冊の本を差し出した。見憶えがないが、タイトルを見て、先ほど母が言っていた本だと気づく。

「これを、渡さなきゃと思って」

「……理由は？」

「理由……。そうだね」

彼は一歩、前に踏み出した。そして腕だけを伸ばし本を渡してくる。ためらった指先は吸いつくようにそちらに傾いた。受け取る気なんてなかったのに、なぜか手に取ってしまった本を抱きしめたら、彼は切ない表情で笑った。

「君には言っておくよ。僕は今からタイムトラベルをする。エウロパが破壊された今、人々の注意はそっちに引かれているから、きっとできるはずだ」

「何突然、犯罪よ」

「そうだね。でも罪を犯してでも、会いたい人がいるんだ」

いったいこの人は何なのだ。

「一緒に生きたい人がいる」

真っ直ぐ、こちらを見て言い切った男性は、君にもいたはずだと口にした。わけがわからず顔を歪めれば、彼は本を指さした。

「君は恋をしていた」

「は……？」

「どうしようもないくらい青臭く、どうしようもないくらい報われない恋を」

「意味が、わからないんだけど」

「そして」

彼は手を下ろす。また悲しそうに微笑んだ姿がやけに印象的だった。

「どうしようもないくらい不器用な愛情に生かされたんだ」

彼はゆっくり、私から離れていく。待ってと口にしたが、もう行かなきゃと言い歩きはじめてしまった。

「後悔のない選択を」

それだけ言い残し、男性は私の前から消えた。わけもわからず立ち尽くす私の耳に、今最後の星が落ちましたとニュースが聞こえる。顔を上げればあれだけ落ちていた星はどこにもなくなっていた。代わりに太陽が昇り、夜明けを告げる。

街を明るく照らしはじめた光に目を細め、私は家の中に入った。そのまま自分の部屋に直行し、後ろ手に扉を閉める。広いベッドにダイブしようと足を進めた時、机の上に先ほど渡された本と同じものが置かれていた。

「『僕は、さよならの先で君を待つ』……？　読んだことないんだけど」

それでもなぜか惹かれるタイトルに、腕の中の本を開いた。ベッドに腰かけ読みはじめる。それは恋愛小説だった。同じ時間を生きられないふたりの恋物語。ありがちな悲恋だった。けれど私の指は止まらなかった。目は文章をなぞり、指はページをめくり続ける。

それからどのくらいの時間が経ったのだろう。いつの間にかエピローグに突入していた。作中で主人公はヒロインがいなくなった後その場に座り込み、頭を抱え、涙を流す。そして伝えられなかった言葉を吐いた。たった二文字の、愛の言葉だった。心臓がえぐられるような感覚がした。

物語の主人公の視点で語られるあとがきに目を落とす。

そして、ある一文を見て、私の指は止まった。

だって——君が僕を忘れても、僕が君を憶えている。

ページに、水滴が落ちた。それが涙だと理解するのに、時間はそうかからなかった。歪む視界の中、最後だと思ったページの濡れた箇所に文字が透けて見え、続きがあることに気づく。

震える指でページをめくる。

あの時君が言っていた世界の終わりが今はよくわかる。

愛する人がいない世界は終わったも同然だ。

君の生きている未来に僕はいない。代わりにこの小説が、さよならの先で君を待つだろう。

明日、世界の終わりで君に問う。

君は今、幸せか？

もう一度、涙が零れ落ちた。それは唇を伝った。震える指先で、涙が伝ったそこに触れる。

そして、目を閉じた。

唇にはまだ、熱が残っていた。

参考文献

『理科年表 2022』国立天文台編　丸善出版

本書は書き下ろしです。

僕《ぼく》は、さよならの先《さき》で君《きみ》を待《ま》つ

優衣羽《ゆいは》

2022年5月5日初版発行

発行者……………千葉 均
発行所……………株式会社ポプラ社
〒102-8519 東京都千代田区麹町4-2-6
フォーマットデザイン 荻窪裕司(design clopper)
組版・校閲 株式会社鷗来堂
印刷・製本 中央精版印刷株式会社

ポプラ文庫ピュアフル

ホームページ www.poplar.co.jp

N.D.C.913/293p/15cm
ISBN978-4-591-17380-0
P8111334

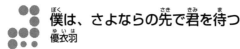

ポプラ文庫ピュアフルの好評既刊

僕らの恋にはタイムリミットがある。
衝撃のラストに涙が止まらない!!

優衣羽
『僕と君の365日』

装画：爽々

毎日を無難に過ごしていた僕、新藤蒼也は、進学クラスから自ら希望して落ちてきた美少女・立波緋奈と隣の席になる。が、その矢先「無彩病」――色彩が失われ、やがて死に至る病になったと知り、自暴自棄になってしまう。すると緋奈は「あなたが死ぬまで彼女になってあげる」と言ってきて……。僕と君の契約のような365日間の恋が始まった。衝撃のラスト、驚きと切なさがあなたを襲う! 心が震える、最高のラブストーリー!!

君が生きていた、確かな証を残すために――。
ひと夏の切ない純愛物語。

優衣羽
『さよならノーチラス　～最後の恋と、巡る夏～』

装画：爽々

都内の大学に通う大晴は、将来に対しての夢もなくただ無為に日々を過ごしていた。ある日、祖父が倒れたという知らせを受けて実家のある田舎町へ帰郷した大晴は、そこで幼馴染だった黎夏と7年ぶりに再会する。美しい女性に成長した黎夏を見て、大晴の胸に再び恋愛感情が湧き上がる。だが久しぶりの再会にもかかわらず、黎夏の表情は曇ったまま。そこには、黎夏が抱える残酷な秘密が横たわっていた……。

12万部突破のヒット作!!
切なくて儚い、『期限付きの恋』。

森田碧
『余命一年と宣告された僕が、余命半年の君と出会った話』

装画：飴村

高1の冬、早坂秋人は心臓病を患い、余命宣告を受ける。絶望の中、秋人は通院先に入院している桜井春奈と出会う。春奈もまた、重い病気で残りわずかの命だった。秋人は自分の病気のことを隠して彼女と話すようになり、死ぬのが怖くないと言う春奈に興味を持つ。自分はまだ恋をしてもいいのだろうか？　自問しながら過ぎる日々に変化が訪れて……。淡々と描かれるふたりの日常に、儚い美しさと優しさを感じる、究極の純愛。

『よめぼく』著者が贈る第2弾！
ラストの二人の選択に涙する……。

森田碧
『余命99日の僕が、死の見える君と出会った話』

装画：飴村

人の寿命が残り99日になると、その人の頭上に数字が見えるという特殊な能力を持つ高校生の新太。ある時新太は自分の頭上と、文芸部の幼なじみで親友の和也の上にも同じ数字を見てしまう。そんな時、文芸部に黒瀬舞という少女が入部する。ふとしたきっかけで新太は、黒瀬もまた死期の近い人が分かることに気づく。ひたむきに命を救おうとする黒瀬に、諦観していた新太も徐々に感化され、和也を助け、自分も生きようとするが……。

シリーズ累計20万部突破!!
一気読み必至！　著者渾身の傑作。

いぬじゅん
『この冬、いなくなる君へ』

装画：Tamaki

文具会社で働く24歳の井久田菜摘は仕事もプライベートも充実せず、無気力になっていた。ある夜、ひとり会社で残業をしていると火事に巻き込まれ、意識を失ってしまう。はっと気づくと、篤生と名乗る謎の男が立っており、「この冬、君は死ぬ」と告げられて……？　ラストのどんでん返しに衝撃と驚愕が待ち受ける、究極の感動作！　著者・いぬじゅんの累計20万部突破の大人気「冬」シリーズ、1作目。

二人の龍神様にはさまれて……!?
あやかし契約結婚物語

佐々木禎子
『あやかし温泉郷
龍神様のお嫁さん…のはずですが!?』

装画：スオウ

札幌の私立高校に通う宍戸琴音は、ある日学校の帰りに怪しいタクシーで「とこよ」のボロい温泉宿につれていかれる。そこには優しく儚げな龍神ハクと、強面で高圧的な龍神クズがいた。病弱な親友ハクの嫁になって助けるように、とクズに命じられた琴音は、とりあえず宿の仕事を手伝うことに。ところがこの二人、仲が良すぎて、琴音はすっかり壁の花…？　イレギュラー契約結婚ストーリー！

アルバイト先は妖怪の古道具屋さん!?
取り扱うのは不思議なモノばかり――。

峰守ひろかず
『金沢古妖具屋くらがり堂』

装画：鳥羽雨

金沢に転校してきた高校一年生の葛城汀一。街を散策しているときに古道具屋の店先にあった壺を壊してしまい、そこでアルバイトをすることに。……実はこの店は、妖怪たちの道具〝妖具〟を扱う店だった！　主をはじめ、そこで働くクラスメートの時雨も妖怪で、人間たちにまじって暮らしているという。様々な妖怪や妖具と接するうちに、最初は汀一を邪険に扱っていた時雨とも次第に打ち解けていくが……。お人好し転校生×クールな美形妖怪コンビが古都を舞台に大活躍！

からだの芯から元気が出る
特別なスープカレーあります。

佐々木禎子

『札幌あやかしスープカレー』

装画：くじょう

札幌市中央区の中堅私立皇海高校に入学した達樹は、とある理由から、人とのコミュニケーションが苦手だが、人なつこいクラスメイト、ヒナと友達になる。ある日の帰り道、自分をつきとばしていった見覚えのある人物を追いかけていくと、隠れ家のようなスープカレー屋にたどり着いた。その店で出された、〝特別なひと皿〟を食べた達樹には、小さな異変が起こり……。

少し不思議で元気が出る、美味しいハートフルストーリー！

イケメン毒舌陰陽師とキツネ耳中学生のへっぽこほのぼのミステリ!!

天野頌子
『よろず占い処　陰陽屋へようこそ』

装画：toi8

母親にひっぱられて、中学生の沢崎瞬太が訪れたのは、王子稲荷ふもとの商店街に開店したあやしい占いの店「陰陽屋」。店主はホストあがりのイケメンにせ陰陽師。アルバイトでやとわれた瞬太は、実はキツネの耳と尻尾を持つ拾われ妖狐。妙なとりあわせのへっぽこコンビがお客さまのお悩み解決に東奔西走。店をとりまく人情に癒される、ほのぼのミステリ。単行本未収録の番外編「大きな桜の木の下で」を収録。

〈解説・大矢博子〉